愿你特别凶狠也特别温柔

蓑依 著
SUO YI

青岛出版社
QINGDAO PUBLISHING HOUSE

图书在版编目（ＣＩＰ）数据

愿你特别凶狠，也特别温柔 / 龚依著. -- 青岛 ：
青岛出版社，2016.8

ISBN 978-7-5552-4373-1

Ⅰ．①愿… Ⅱ．①龚… Ⅲ．①散文集－中国－当代
Ⅳ．①I267

中国版本图书馆CIP数据核字(2016)第171105号

书　　　名　愿你特别凶狠，也特别温柔
著　　　者　龚　依
出版发行　青岛出版社
社　　　址　青岛市海尔路182号（266061）
本社网址　http://www.qdpub.com
邮购电话　010-85787680-8015　13335059110
　　　　　　0532-85814750（传真）　0532-68068026
责任编辑　那　耘
选题策划　李文峰　崔　悦
特约编辑　崔　悦
版式设计　李红艳
印　　　刷　三河市南阳印刷有限公司
出版日期　2016年8月第1版　2016年8月第1次印刷
开　　　本　32开（880mm×1230mm）
印　　　张　9.5
字　　　数　130千
书　　　号　ISBN 978-7-5552-4373-1
定　　　价　36.00元

编校质量、盗版监督服务电话　4006532017
青岛版图书售后如发现质量问题，请寄回青岛出版社出版印务部调换。
电话：010-85787680-8015　0532-68068638

目　录
CONTENTS

第一章
这世上不存在更好走的那条路

这世上不存在更好走的那条路　　002

所有的励志都与热爱有关　　006

做一个有精神自治能力的　　010

慢慢地，建立起自己的生活方式　　013

清理你的内在空间　　017

提升你的生活调性　　021

二十几岁的状态，会影响你的一生　　028

有边界，才自成格局　　031

过一种精良渗透缝隙的生活　　035

无论什么，都别太满　　040

好东西是很少被埋没的　　044

你是否真的试图了解过自己？　　047

第二章
在不体面的世界，体面地活

大多数的受伤，都是自己制造的   052

一个有棱角的人，更能获得尊重   056

有些不幸，是自己附加上去的   060

不是所有的过去，都会成为情结   065

你所担心的，一个都没有到来   070

在不体面的世界，体面地活   074

能让我们学到东西的，都要过"检测"这一关   077

自由，是因为有不自由的存在   081

活得太累，也许是因为太悲观！   085

第三章

对自己"狠"的人，才不会被生活淹没

不是因为工作稳定，而是你停止了成长　　　095

对自己"狠"的人，才不会被生活淹没　　　099

给人生设限，也就是给自己"设陷"　　　103

与他人比较，和与自己比较同样重要　　　108

你说的每一句话，都在塑造你　　　112

初始设定，在很大程度上决定了你的走向　　　116

工作只是桥梁，你应该由它看到更广阔的世界　　　120

有毅力的人，都不会被辜负　　　125

心若比天高，境遇可能会比纸薄　　　130

我真的真的真的讨厌现在的样子！　　　135

第四章
真情无语，尽在真心

陪伴，是最有力的爱　　　　　　　　　145

性是一件值得享受的事　　　　　　　　148

人最性感的部位，是大脑　　　　　　　151

真正的讨厌，是相忘于江湖　　　　　　154

有些人，就适合过"乖乖女"的生活　　　159

像谈恋爱一样爱你的闺密吧　　　　　　164

女性之间的关系，更见情商高下　　　　168

你爱你的孩子，但首先，要爱你的丈夫　173

和父母坐下来聊会儿天的人，都是幸福的　177

谈情说爱，是需要花工夫去训练的　　　181

女人以各种姿态去爱，而男人已麻木　　185

你那么"好"，为什么还单身？　　　　190

愿你特别凶狠，
也特别温柔

第五章

二十几岁，开始认真经营自己

二十几岁，本应是一个熟龄的状态　　　　198

外界越喧嚣，越要守住根　　　　202

变好是一个人的事情，和他人无关　　　　206

界限感，让关系更舒适　　　　210

信任，比猜疑安全得多　　　　213

我开始高调地热爱色彩了　　　　218

有礼貌，但不过分拘谨　　　　221

只是你的一厢情愿而已　　　　225

放手虽难，却是成全　　　　228

我希望自己的偏执是有内容的　　　　232

当你坐在相亲对象面前的时候，你看到的是你自己！235

目　　录
CONTENTS

第六章
亲爱的，别那么着急过正常的人生

我们面对的很可能不是真相　　　　　　　　240

不是你缺钱，而是你小家子气　　　　　　　244

世上没有难易，只有合适与否　　　　　　　249

将就，才是生活的真相　　　　　　　　　　253

读书并不高人一等，只是你的选择而已　　　256

那些曾让你减分的，总有一天，会为你加分　260

赞美，其实是一种引导　　　　　　　　　　265

亲爱的，别那么着急过正常的人生　　　　　270

沟通，是通过态度来实现的　　　　　　　　275

以同样的标准待人，是种不易察觉的公平　　279

以技巧为中心的关系，都好不到哪里去　　　282

友情，到底负载怎样的功能？　　　　　　　286

这世上不存在更好走的那条路。

年轻人，别淡泊名利，先把欲望养肥。

人与人之间伤害最深的不是在台面上战个你死我活，而是对方在明处，而你自觉逃避到暗处，一遍遍地望着光亮处，舔舐自我制造的伤口。

丢掉那些天花乱坠的幻想和浪漫主义的腔调吧，姿态摆得再好也无用，伸出手，能够牵住一个人，才能感受到贴心贴肺的温暖。

谈一场不用考虑结婚、工作、买房的爱情是一件千金不换的事。

一切优秀都不是从天而降，都是在某个方向上扎根耕耘的结果。

换句话说，只要你在一件事情上做得好，就足够让你出头。

拥有东西的方式是让它离不开你，不能没有你，而不是你抓住它不放。

有时候可以悲观，但有时候就要乐观，而且当你真的以乐观的、学习的、反思的心态去看待生活时，生活也会以同样的品质反馈给你。

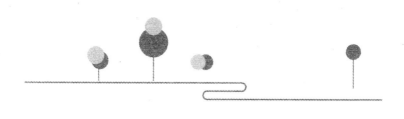

愿 你 特 别 凶 狠 , 也 特 别 温 柔

第一章

这世上不存在更好走的那条路

这世上不存在更好走的那条路

世上只有一条路，就是你脚下正在走的这条。

当下社会的每个人都是焦虑的。没有的想要，得到的不满足，每个人都在各种层面上挣扎，变得对生活不耐烦。但人和人之间在这一点上还是有所区别的，就是能否在合理的范围内控制这种焦虑，能控制的，基本上生活得都还不错，不能控制的，人生一团糟。从很大程度上说，控制住焦虑也就控制住了人生。

刚毕业的大学生小 A 彻夜失眠，原因是本来他已经决定先不找工作，打算考研，可他从学长及学姐那里听到的越来越多的劝告是"不要好高骛远了，找份工作慢慢上手才是正道"，他觉得他们说得有道理，便开始怀疑自己"准备先多学点儿东西"的心态是不是不切实际，于是开始焦虑了。

已经有份稳定工作的公司职员小B来了一次"说走就走"的旅行，想要在旅行中发现真正的自己，起因是稳定的工作都是父母找熟人介绍的，不是自己喜欢的；而自己对想要从事的红酒事业一点儿也不了解，感觉无从下手，不敢迈出第一步。这种矛盾导致的结果是上班时脾气格外暴躁，最终得罪了领导。

新手妈妈小C最近也挺苦恼的，各种育儿书上都说要培养孩子自己吃饭的习惯，而婆婆每次都是第一时间抢过饭要喂孩子，虽然不用自己费力，可是等以后孩子去幼儿园了，别人家的孩子都会自己吃饭，就自己家的不会，多尴尬啊！再说，这会让孩子形成对家人的依赖。

小C坚决认为应该从小就培养孩子的独立能力。于是，婆媳大战开始了，从孩子摔着应不应该跑过去抱抱他，到应不应该在孩子最不听话的时候打他几下，每件小事似乎都成了能决定孩子生死的大事。小C开始整宿睡不着觉，她认为孩子不能继续在这样的环境中生活下去啊……小C甚至想要不要买个新房子搬出去住，但是问题接着来了，没足够的钱买房子啊，就这样，小C陷入了无限的焦虑。

就连我自己有时也会变得焦虑：是坚持写自己擅长的类型，

还是应该适时地尝试去开拓新的类型，毕竟自己的专业是编剧，现在 IP 又炒得沸沸扬扬，要不要分一杯羹啊？是和同一家公司合作呢，还是多和几家公司合作呢？前者是出于道德因素以及长远利益考虑，后者是为了多拓展一下渠道。但同时，我也知道这些焦虑是无用的，因为最终我只能选择其中的一条路。

经历过很多焦虑不已的选择之后，我自己得出的教训是：所有的焦虑都是无用的，在两件差不多的事情上，不存在深思熟虑这回事。世上没有通过想象和推测就可以判定未来的路。路都是自己走出来的，绝不是参照别人的样子推断出来的，别人在某件事情上做得再好，用的方法再妙，换成你的时候，又都将会成为另外一个样子，等同于又是一条新的路。

世上不存在更好的那条路，但存在最好的路——那就是你自己所选择的并且坚定地走下去的，即便外人并不看好，即便你自己也会怀疑，但你一直在往前走的那条路。人生只有一次，成长和生活之路也只有一条，路没有好坏之分，都是独一无二的，都是需要有取舍。也因为这样，每个人的人生都是偶然的，是由一个个的选择构成的。

我无法去断定小 A 再考一年和找份工作积累经验，哪个会更好，哪个会更适合他。也没有人能给他答案，甚至他自己也不能，唯一的方法就是他选择其中的一个，坚持走下去，只是他必须要相信这两条路是一样的，没有好坏之分，都有荆棘和鲜花，选择了就径直往前走，不回头。

我也不能劝说小 B 丢掉熟人介绍的工作而去从事她爱的红酒事业，这不是梦想和现实的关系，而只是和她的选择有关，我并不觉得她去做了红酒事业就一定会快乐，就会比目前这份稳定的工作做得好。

我也无法给小 C 任何建议，因为就连营养师、育儿师都对"孩子到底该自己吃饭还是喂食"存在争议，一切都是选择，甚至有时候我会觉得孩子独立不独立和小时候有没有自己吃饭不存在直接的关系，没有那么根深蒂固的影响，有些孩子本来天生就黏人。

而我自己也都是在拿到合同之后，经过比较做出选择，根本不会再去想那些有的没的。

首先，允许焦虑的存在，这是人的正常情绪；其次，明了焦虑是无用的，只会徒增烦恼，有百害而无一利，没有什么选择必须要打着"深思熟虑"的幌子；最后，不管采用什么方式，哪怕是抓阄，只要选择了一条路，跪着也要把它走完。抓阄并不潦草，也是选择方式的一种，因为每条路看起来都差不多，它只是给你一种上天安排式的心安理得而已。

所有的励志都与热爱有关

　　看每一季的"中国好声音"，我都会热血沸腾。我知道节目背后有极棒的制作团队，一切都经过了包装和矫饰，而我也写过很多的励志文章，有关于坚持、毅力和理想，可无论怎样，最终我还是被它感动了，原因无他，唯有热爱，那份真真切切，想藏都藏不住的热爱。

　　大多数的选手都会由父母陪伴而来，有的是从小就喜欢唱歌，父母也很支持，有的则是父母非常反对，甚至要与其反目，可无论他们的父母的态度如何，在他们坚持了几年，甚至十几年、几十年之后，都如愿以偿地站在了"中国好声音"的舞台上。

　　与电视节目形成鲜明对比的是在我的邮箱、微博私信、微信后台，有无数的人给我留言：我想学播音专业，但我的父母不同意，我该怎么办？我非常热爱画画，可我们家家庭条件很差，画画需要很好的物质条件，我是否该坚持自己的理想？我想成为一名作家，可我觉得要出名，真的很难，我还要继续吗？……这些问题，没有人能够为他们解答，即便他们把市面上能找到的所有励志书籍都看一遍，依然找不到答案，唯一的途径就是扪心自问：我是真的热爱吗？有多少时候，我根本不热爱自己的梦想，只是为了名、利、虚荣而已。我热爱的力量有多大？

作为一名理性的成年人，我依然能够坚定地、毫不怀疑地说：热爱就是全部，它是核，有了它，人的一生就有了支撑。

有段时间，几个姑娘在微信后台自觉地每天打卡，有的是跑步打卡，有的是跳舞打卡，有的是学英语打卡，有的是早起打卡，这场自觉行动的结果是：在前面的二十一天之中，没有一个人能够做到每天都完成，虽然每个人在开始时都信誓旦旦、信心满满，而二十一天之后，只剩一位姑娘愿意从头开始，再重新来过。

我不是批评那些姑娘半途而废，只是想说：请以后不要再对别人讲起你喜欢跑步、跳舞、学英语和早起，如同在第一天时对我说的一样。不，你不喜欢，更不要说热爱了，否则短短的二十一天，怎么可能坚持不下来？你以为的没有毅力，你所进行的痛苦坚持，只是出于某种目的，而非来自生活或者生命的热情。

热爱有些是天生的，就我自己来说，我在小学五年级时写下第一部长篇小说，用铅笔在稿纸上慢慢地写，不是为了获得名利，也不是迫于某种训练，只是简单地想要写而已，五年级的小朋友懂的没有多少，就是提笔写字而已，我认为这就是天生的热爱，是挡也挡不住的，是你不管走了多少弯路最后都能回来的正道。

对待这种天生的热爱，你所需要做的就是找到它、意识到它、体会到它，剩下的事情就是定数，它会带你去该去的地方，不管是繁华都市最闪耀的舞台，还是乡村山野最平静的房间。

而有些热爱是能够培养的，这是一个非常迷人而艰难的过程，稍不留神，就会南辕北辙。这么多年，我培养起来的热爱，只有一个，就是阅读，虽然我也培养过对看电影的热爱，但没有做到，至今仍然停留在每天硬着头皮看电影的阶段。每个对热爱的培养，都要找到一个非功利性的点，必须是非功利性的，这样才不会只想着要实现目标或者是否有实现目标的可能。

今年，我开始培养人生的第二个兴趣——跑步。之前为了减肥断断续续地跑过很多次，最后都是无疾而终。而今年，我选择在我体重维持得还算很好的阶段开始跑步，从最实际的想法来说就是减肥塑形不再成为我的一个目的，这样，更容易真正从内心热爱它。

在跑步之前，我阅读了很多相关方面的书籍，不管是像《跑步圣经》这样的技术类书籍，还是像村上春树的《当我谈跑步时，我谈些什么》这样的灵性洗礼类书籍，或是各种培养意志力的心理学书籍，我都一一找来，试图发现和归纳跑步的种种优势和劣势，以便最终找到一把能够打开我心灵之门的钥匙。

这个内心寻找的过程大约持续了两个月。印象最深的是在看村上春树的那本书时，我有种想要把整本书背下来的冲动，身体也发出"我要立刻奔跑"的冲动，但我抑制住了，坚决不跑，因为我知道这只是冲动，一旦疲惫，就很容易产生挫败感，不想要再进行。

必须要在有了一个持续性的"核"之后，才迈开第一步。有些人说在跑步的过程中，你才能够慢慢找到它的乐趣，而我不同，我是先要找到我想要在跑步中坚守的那个点才开始，至于跑步的过程中有其他的收获，那也只是附加属性，而不是必要属性。

最终，我觉得自己找到了那个点，那个不想言说的"核"，如同对阅读的热爱培养一样，你现在让我说到底是什么在吸引我，我清楚地知道，但说不出来，因为它不能分享，就算分享，也毫无意义。只不过，这个寻找的过程多多少少还有参考的价值。

而一旦你找到了你的热爱，你的生活就会发生翻天覆地的改变。经常看到有人抱怨和朋友的小摩擦，有人对同事有意见，有人空虚无聊，想要真正解决这些问题，绝不是靠别人提出具体的、有针对性的建议，很多情况下，只是你太闲而已。那些有热爱之事的人每天忙不迭地去尽力追求，谁还在意今天你说了我一句坏话，昨天你不小心碰了我一下呢？

热爱是可以辐射的，它的那个"核"光芒巨大，把你的一切都可以照亮。

做一个有精神自治能力的人

近几年，每当和朋友聊起关于买房的话题时，我都禁不住说起我的理想——给我一个大大的书房即可。在这个房间里，有两面墙是顶到天花板的书架，剩下的一面墙要完全空白以便我可以用投影设备来看大屏幕电影。

至于其他的卧室、厨房、客厅之类的，我没有要求，并且倘若没有柴米油盐、孩子老人这类事情，让我在这个小环境里面孤独终老，也未尝不可。对于我来说，没有书房的日子，真的不能过。

在我读小学和中学的时候，家里住的是学校分配的两个单间，中间弄开个门，就算是连上了，但我几乎从来不在家里写作业，因为桌子上是满满的锅碗瓢盆，我妈使劲给我清理出一片区域来，我看着旁边铁的、不锈钢的、瓷的物件，还是摇摇头，跑到爸爸的办公室去写。每个位置上都有一摞厚厚的书和厚厚的学生作业，无形之中给予我安全感的同时，也让我感觉到学习是一件还算愉悦的事情。

我上高中时，家里搬了家，我有了自己的房间，床的旁边就是一张书桌，家里的格局是整体面积很大，可每一个房间都是没有门的，隔断也是用木板来随便应付的，寒暑假回家写作业看书，我也不会在我的房间进行，因为完全没有感觉。

我爸帮我向学校要了钥匙，在一个空荡荡的、没有用过的房间里摆了几张桌子，成为我的临时书房，那个时候，同学来找我，我都是在那里接待，周边都是书，同学临走时随便拿起一本说借去看看，就再也没有送回来，也就是那段时间，我丢了好多书。

再到后来，家里买了楼房，父母也给我买了书架，我算是在家里面有了第一间真正意义上的"书房"，我很享受在里面的每个时刻。如果回家，我基本上是一直宅在家里，不是看书、写作，就是看电影，吃过三餐后，把房门一锁，时间和空间就都是自己的了。

我读大学和读研时，大部分的时间都是在图书馆度过，有时是看馆里的书，有时是自己买了带进去，现在回想起来，那些时光才是真正的最美的时光。

我是一个不怎么挑剔的人，但在书房这件事上，却挑剔得不行。大概是缺什么就特别想要什么吧，小时候没有书房的生活，让此刻的我无比渴慕它。书房是我内心的外化，不仅仅是我对书的喜爱，更重要的是它是我的渴求精神自治的表达。它是一个百毒不侵的私密空间，你一旦拥有了，任谁也进不来。我知道很多人是没有精神生活的，因为觉察不到，也因为不需要，可我没有它，就活不下去，就是行尸走肉。

我不觉得精神生活和物质生活有高低优劣之分，在我看来，它们只是代表着生活方式、生活选择的不同，在哪一个层面上，都可以过得舒适。有些人会选择把自己的车子、房子、钱财等物质层面的东西打理得井井有条，而我的选择是想要把阅读、写作、艺术等层面的东西治理得有条有序。

我的精神生活几乎全部来自阅读，阅读书本，阅读人群，阅读风景，它们在起初的阶段是杂乱无章且可有可无的，有时急切渴望，有时被长时间搁置；有时只信仰一种理论，有时觉得头脑碰撞得要命；有时清洁得令人舒服，有时油腻得令人反胃，面对这种情况，怎么做呢？

我选择的方式就是像管理一片土地，或者管理一群学生一样，去训练而不是顺其自然。管理精神生活，实现精神自治，听起来很玄，可说白了就是你想要有怎样的精神图式罢了，我希望它质地单纯、色彩丰富且具有生长性。

于是，在这一点上，我特别喜欢梁文道、马家辉、陈丹青他们。在他们身上，有鲜明的、自治的清洁。每当我低落或者困惑的时候，都会找来他们的东西慢慢翻开，很快就可以在某种程度上实现疗愈。很多读者觉得我能量很足，如果真有这回事，那么它们不是来源于我的人生经历，我的生活很平静和顺遂，谈不上有多少经验可以分享，而是实实在在地来自他们这些精神榜样给我的滋养。借由他们，我总能看见光明。

慢慢地，建立起自己的生活方式

前些天，有些不太想吃东西，我爸知道后，对我说："你长这么大了，应该自己'捯饬'着吃了，想吃什么就自己做啊。"我"挑战"似的回复说："我想喝果汁，也不能整天跑很远去果汁店买吧？"近五十岁的爸爸面带嘲笑地说："亏你还每天上淘宝，怎么就不想着买个料理机呢？门口就有大型超市，什么水果都有，愿意榨什么就榨什么啊。"我二话没说，果断下单，现在每天可以做到喝一杯口味不同的新鲜果汁了。

在过去的二十几年里，不管我到哪里读书和工作，我的生活方式基本都没有变化，不是早些年在家里跟着父母养成的，就是在学校读书时在食堂和宿舍里培养起来的，我从未想过要建立属于自己的、自己想要的生活方式。

就拿饮食习惯来说，北方人经常会吃馒头、喝汤，我从小就对它们有排斥情绪，但家里的主食除了这些，也没有别的，只能一天天地像完成固定的程序一样吃一遍。就算后来去了南方，我也讨厌吃米饭，很不适应杭州饮食清淡中带甜的口味，那我也是日复一日地吃着。除了出去吃大餐，基本的一日三餐很少有变化，能凑合就凑合，更不会顾及营养和搭配。

近几年来，我其实是越发地知道自己想要的饮食方式的，有些是从朋友那里看到的，有些是从网上的分享里学习到的。比如我爱吃甜食，那我可以自己去学烘焙。水果并不是像家人教给我的那样只能当作饭后的东西来吃，它们完全可以成为正餐的一部分，尤其是水果沙拉和蔬菜沙拉，我很喜欢，不一定每一个菜都必须不是炒就是炖。如果早餐换成燕麦、脱脂牛奶和一些坚果，既营养丰富，又能唤起我早起的欲望，而不是像现在这样，想起醒来又是包子、稀饭等着我就不想睁眼。

父母有一套他们的饮食习惯，也许是因为口味，也许是因为物质条件，他们感觉不到有什么问题，有时，你让他们换个口味，他们便觉得难吃至极。

可我不一样，我在很多地方吃过不同口味的东西，有了除生存之外的对审美的追求，我应该按照自己想要的方式去生活，但我没有，不是没有钱，不是没有时间，只是并没有把它变成行动，让它真真正正地成为我生活的一部分，成为我生活质量的一部分。

除了饮食习惯，还有居住条件、健身方式、娱乐方式等，都需要我们自己去亲手建立，让它们落到实实在在的生活中，从每一天、每一顿饭开始。

我父母以及周围的朋友很少有健身的，就连普通的打羽毛球、跑步、打篮球等运动都很少有人参加，所以，在之前的二十几年里，我和运动基本上是绝缘的。但前不久，因为各种原因，我开始了慢跑，开始让它成为我所热爱的事情之一。跑步是我建立健身方式的开始，它让我时刻记得健身是我生活的一部分，必须给这部分留有时间和精力，这是我想要的生活。

对于娱乐方式这一点，我感觉是命运给我上了一课，我怎么也没有想到我会学习话剧编剧。话剧在很多人的意识里是不存在，或者是作为一个名词存在的，我们会花钱去听演唱会，或者去看电影，但极少有人会想到去看话剧，甚至连话剧票该在哪里买，价位一般是怎样的，一场演出的时长是多少，都不知道。

命运让我学了话剧编剧之后，我的娱乐生活里面除了电影，话剧开始占了主流。它太适合我的娱乐风格了，既有趣又有深度，既能让我感受到人物的呼吸，又让我觉得和他们有距离，更重要的是话剧很少有"烂剧"。

无论是饮食、娱乐还是健身方式的变化，并不仅仅是为了带给自己美好的体验，它其实是从外部开始建立起你自己的生活，确认你的风格，它们是你对自己的要求的外化。

不要让它们仅仅停留在网络上的图片、摆盘或者样板之上，从今天开始，从当下开始，慢慢来改变身边的这些生活元素吧。或者是在你卧室里放上几个你喜欢的风格的靠垫，或者就把家里那面空白的墙换成你早就想要的"照片墙"，更或者今晚就为自己做一次饭，参照放在收藏夹里很久的那张菜谱。

生活方式是可以内渗的，它可以影响你内心的建设，这跟从小生活在乡村和生活在都市的人的气质有差别是一样的道理。更何况，当你真正去做时，会发现根本不会多花多少钱。

清理你的内在空间

人都有一种累积的天性，累积金钱、累积食物、累积人脉、累积精神力量等等，这是可以理解的，不管是从我们作为个体出生时两手空空来看，还是从整个人类的进程本身就是从无到有的事实来讲，"建设"都是非常重要的途径，没有建设，世界将是一片荒原。不过，从另一个角度来说，人类（或者说一个人）最好的状态并不是拥有足够的量，而是拥有平衡，拥有"建设"和"清理"的平衡。无论在肉体还是在精神上，过饱或者过饿都是有害的。

最近几年，从日本流行起来一种称为"断舍离"的生活方式，它偏向于清理人的外部空间，从房间的整理到减少手机的使用等。对外部的整理是必需的，因为环境对人有着太重大的影响，一个从杂物堆积的房间里成长起来的人和一个从干净而有条理的房间里成长起来的人，一眼就可以辨别。

但是，相对于对外部空间的整理而言，对内在空间、对自己身心的清理，对于现代人而言，更是迫在眉睫。

我周围的朋友很多都陷入了一种恶性循环：每天面对无数的工作、无数的人，身心疲惫地回家后，看看电视，浏览浏览网页，困乏地睡去，第二天，拖着依然无力的身体继续新一轮的劳累。"累"和"疲"成了他们生活的全部状态。

还有一些创业的朋友，对自己的要求特别高，每个小时都安排得满满当当，想要借着年轻，凭借一股好学的劲头，把所有能接触的优秀的东西学到手，可某一天，忽然就怀疑学这些东西的意义在哪里。

前者是被迫的"满"，因为工作的要求，而后者是自愿的"满"，因为个人成长，共同点都是"满"，都是"建设"，而不给自己留一点儿"空白"，不曾意识到人是需要"残缺"的，甚至就是那点儿"不满"会持续性地成就你。

清理自己的内在空间，第一步就是每天都要留有一小部分时间和自己待在一起。不管你是在夫妻关系还是亲子关系中，一定要在心里抛开所有的关系，和自己安静地待一会儿。可以回顾这一天的生活，也可以对人生的课题做一些思量，或者记日记。

　　我认识一位非常成功的女商人，她无数次说过"写日记是一件救命的事"，就算再忙再累，都一定要拿起笔，在随身携带的本子上，写些东西。有一次，她去国外旅行，马上快要写完的一本日记本丢在了旅馆里，找不到了。大家都想着该怎么去安慰她，她却爽朗地说："它在每个写完的当下，就已经完成了它的使命，我不是为了记录，只是为了让心安静一小会儿。"

　　还有一个朋友，她会每天给自己二十分钟左右的跳舞的时间，她说只要把曲子放上五分钟，跳一下，就会把身心中很多乱糟糟的东西清理掉了。

　　而我，没有写日记的习惯，每天和自己待着的方式就是写作，对此，我有非常强烈的感受。如果某一天，我读了很多书，看了很多电影，或者见了很多人，和别人说了很多话，那么这一天，坐在书桌前的时候，我对书写就是非常饥渴的，就是充满感激的，谢谢它让我喘口气，谢谢它让我看到了自己。

　　这种清理，不用刻意，哪怕你只是在每天去菜场的路上，一个人，就是走路，朝着菜场而去，都可以得到某种程度的"净"。人是需要自我剥夺的，在这种"隔绝"中，自己本身的能量才有滋养你的可能。

　　清理内在空间，还有一个层面就是在第一步的基础之上，进而达到破除对人、事的"执迷"。破除"执迷"绝对不是一个虚无的概念，而是和日常生活紧密相连。

当你的身心不是满的，而是有一片未被使用的空间时，很多事情在你面前，都能变得具有伸缩性，是有尺度、有宽度的，而不只是一个点，因为你知道自己还有能力和心力去接受某些变化，你有空间可以接纳模糊不清的边界。

有些人考学失败，一辈子都会生活在这个阴影之下，即便现在的生活再好，也相信如果考上了，一定不会是现在这副模样，这种对"失败"的执迷其实塞满了一个人所有的空间，它辐射到了生活的方方面面，以致失去对人生可能性的探索，一生都是灰扑扑的。

还有人对爱情执迷到没有爱情就不能活的地步，如果一个月没有在恋爱状态中，就觉得要活不下去了，宁愿被骗也要爱、爱、爱，因为除了爱，他（她）的心里一无他物，没有其他的东西给予他（她）注意力，心脏每跳一下，都是"爱情"的节拍。

于我而言，这种清理，让我活在一种轻松的、多元化的状态中，不会为了一件事情而看不到其他，也因此，人生开始变得丰富。把自己逼到一条路上是很容易的，而如何让自己放开，有可以容纳多样性的空间，太难。

可无论怎样，这种对空间的渴求，还是可以凿一凿的，每凿一下，人生就舒展一分。

提升你的生活调性

最近，我的朋友圈里有两位朋友几乎同一时间去了日本，每日 PO 图表达她们眼中所看到的世界，碰巧的是她们每次发与日本相关的图文消息基本上都是在同一个时间点。于是，两个人的消息会一前一后地出现在我的眼前，怎么说呢，带给我的感觉却是两人所看到的日本有天壤之别。

前者观察到的是日本的地下交通如何的发达，日本女性的坐姿如何端正，麦当劳和肯德基食物内容的微小区别及大型商场对待中国游客的姿态，除这些用心感受才能发现的细小差别之外，她每日的活动也集中于博物馆、美术馆和演唱会现场，总之，你会感觉到她的日本之行是有质量的，是在别处过生活。

而另外一个朋友呢，每日基本上都是在逛街，发的照片都是劣质的自拍照，整张脸成了图片的中心，和在中国的每一天是一样的，也许她也会看到很多新鲜而有趣的东西，但她是没有感受性的，更没有能力让它成为丰富自己的途径，身体在国外，心却还在自己家里。

这个明显的差别，让我沿着路径去看她们去日本之前的相关消息，然后突然间就找到了某些源头：前者在去日本之前看了很多与日本有关的纪录片和书籍，并且写了很长的感受性文字；而后者的消息里面则是一直在表达对日本之行的期待以及问大家是否需要代购。

当然，每个人自费出国旅游都可以完全随心所欲地去玩，他人没有理由来评头论足、分辨优劣。只不过，通过这两个人的经历，我默默地告诉自己：平时也要过有质量和有调性的生活，否则，长此以往，你的一言一行都会把你的粗糙暴露出来，更重要的是生活于你本应有更好的画面呈现，而你让这成了遗憾。

前两年一直有出国旅行的机会，但我一拖再拖没有成行。我不是拖延症患者，之所以一直拖，是因为对于在哪个时间段出国，我还没有做好准备。

我有个痴迷电影的朋友，他每次出国前都会把在那个国家取景的影片找出来集中看一遍，标出一些经典的取景地，然后一一拜访。

　　也有朋友想让自己在创业的紧张中放松，每次去一个国家，不是成天乱逛，只是在一座寺庙或者一栋古老的建筑中住上几天，即便周边的生活再精彩，他也不出去，就在一个安静的环境中，什么也不想、什么也不做，让身体和心灵都放松下来。

　　还有吃货朋友，去一个国家之前先把想要吃的食物一一列出来，包括具体的餐厅地址和营业时间。

　　我对这些人有莫名的好感，所谓的"生活质感"和"生活调性"绝不是无中生有、自然而然的，一定是在做足了准备或者在生活中有意引导自己的结果。放纵总是快乐的，但那是很低级的一种快乐。我们都有旅行的经验，如果没有特定的目标，只是在城市闲逛，当然那段时间内是舒适的，但回想起来，却总觉得无味，像一只无头苍蝇一样乱撞，眼花缭乱，但入心的不多，很疲惫。倘若你有一个目标，有一个追求美、有趣的心态并付诸行动，就会有很丰富的体验。

　　生活的调性就是一个人的生活质量，看你的生活在哪一个"调"上，这就像有的人一生都走在平地上，没有什么挑战，当然也不会收获更美的风景，而有调性要求的人就像是在登山，爬上一层之后还会想要挑战更高的一层，人生的景色也会因为高度的变化而越发精彩。

　　调性的培养需要克制，需要对自己有要求。比如从最日常的"吃"

来说，我虽不觉得日料、西餐之类的高级，但它们的特点之一就是分量偏少、质量偏高，很难想象一个整日吃火锅、烧烤的人是一个对健康特别在意的人，如果可以，能否让自己多去尝试一下前者，少分量、高质量的食物绝不仅仅是对味蕾的影响，而且它在引导你的一种心境，告诉你：食物和人生一样，不在于多，而是适量就好，如果能在浮躁中有点儿清心寡欲的时刻，就更好了。

再比如阅读和看电影这类事情，不要觉得只要是阅读和看电影就可以了，你要让自己有一种能力，能在一堆烂书和烂片中，发现有质量的作品，这样你的很多方面才会得到提升。一个长期读言情小说、看搞笑剧的人，调性永远都会在这个层面，不管你在此付出了多少时间和精力。经常有前辈叮嘱我们，多读一些"难啃"的大部头的书，多看一些看一遍看不懂的电影，那种"越嚼越有味道"的作品，真的会让你有一种新的眼光和姿态。

调性的提升和你拥有多少物质财富没有多大关系，所以会有所谓的对"暴发户"的讽刺。成长中很重要的一块就是你的生活质量可以在你的自我管理下得到提高，并且能不断生长。生活不可以随便处理，不能辜负它的善意，要真正用心地去一层一层地感受。

年轻人，别淡泊名利，先把欲望养肥

这是一个越来越物质化的时代，却不是一个欲望能跟得上的时代，欲望和物质之间的距离，是判断一个人生活质量高低的标准之一。

我很喜欢"欲望"这个词，觉得它有一种燃烧的内力，夹杂着冲动、活力的蛮，它是生命之油，只有保持足够多的量，才能开足马力，在生活的街道上驰骋。我喜欢热气腾腾的一切，包括欲望，哪怕是灼人的欲望。

可眼下很多人，通过各种方式都在向我们传达一种观念：节制自己的欲望，别那么在乎名利，过好最普通的生活就可以了。如果你是一个没有能力、安于现状的人，那就这样平静地过下去好了；倘若你有梦、有劲、有冲动，那么请你先尊重自己的欲望，把它养肥，把"淡泊"二字先放到一边，等想要的都得到了，它自然会去找你。在你什么都没有的时候，考虑"淡泊"，很可笑，也没资格。

有位读大三的女生对我说她很瞧不起那些想尽各种办法要争取奖学金的人，觉得他们蝇营狗苟，机关算尽，不会有什么大出息。然后我问她："你没有争取奖学金，那你在大学里都做了些什么呢？"她很"知足"地说："上上课、逛逛街、聚聚会，这才是好的大学生活啊。如果在大学里，这么年轻就一门心思地想着当官、赚钱，有什么意思？还像是学生吗？"

其实，我很想告诉姑娘：等一走出校门，你会发现，有出息的，在很多时候恰恰是整天在学生会工作，每年争取奖学金的那批人。不是我鼓励大家都去这样做，而是说他们有一种直面"欲望"的习惯，面对名利、金钱或者是精神层面的锻炼，都有一种"扑"上去的急切。

年轻人用不着把自己的欲望藏起来，想要有钱就自己去挣，想要奢侈品就挣钱去买，想要在大城市生活，就买张火车票，混不好就算流浪街头也不走回头路。

我经常说这是一个欲望缺乏的时代，人人都羡慕五光十色的物质生活，但很少有欲望。在我的观念里，判断一个人是否有欲望，有一个很直观的方式，就是你能否感知你身体内荷尔蒙的饱满。一个有欲望的人，体内经常是滚热的，似乎永远有使不完的劲，发泄不出来就会难受。而放眼望去，我们周围的人都是恹恹的，没有激情，没有活力，只有软塌塌和疲惫。

如果你仔细观察，就会发现：很多三四十岁的成功人士在年轻时都有运动的习惯。在我看来，他们做运动很大程度上是为了释放自己体内的热情，内力太满，需要外泄一部分。而只有有充足欲望的人，才会有精力、有气力来做这些，没有欲望的人，内力不足，朝九晚五已经累趴。

"欲望"当然不仅仅和金钱有关，还和梦想、青春、生命力联系在一起。如果简单粗暴一点儿，那么你也可以先从"欲望＝物质"这个层面开始。如果你打算从这个层面开始，那么，我希望你对它有真正的欲望，而不是随波逐流的欲望。

金钱给年轻人带来的安全感是巨大的，我从来不耻于说"我是对金钱有很大欲望的人"，因为我需要用它来满足我很多的愿望，开始我很多层面的生活。所以，即便我是一名自由职业者，我也会让我的收入每个月保持在一个较高的水平上，不能偷懒，不能遇到不怎么流畅的合作就放弃，在没有得到自己想要的生活之前，就得"忍辱负重"，让欲望的口张得更大。

嗯，对更好的职位有欲望，对在一线城市有自己的房子有欲望，对能让孩子上非常棒的国际幼儿园有欲望，不只是藏在心里，而应该写下来、说出来，让这些欲望"掷地有声"，而不是轻飘飘地存在于想象之中。让欲望落地，让欲望在你的身体内部，让欲望展现在你的脚步、声音和体态上，让欲望助力你，而不是你去埋葬它。

年轻人，在体力和精力最好的年华，接受并正视自己的欲望吧，让它变为成就你的利器。

二十几岁的状态，会影响你的一生

　　闺密爱上了一个几乎所有人都认定的人渣，但是她爱得死去活来，尽管男生对她也不怎么好，有时甚至拳脚相加。我说："你会嫁给他吗？你想过要嫁给他吗？如果这些答案都是否定的，那赶紧分手吧！"她不屑地一笑说："谈个恋爱也要这么功利吗？恋爱就一定要结婚啊！我就要趁着年轻，多谈几场不以结婚为目的的恋爱。能在爱情中浪费时间，想想就美好得不得了。"

　　表弟刚刚进入大学，像一匹脱缰的野马终于找到了它的草原，于是，不是泡在网吧里，就是和朋友一起抽烟喝酒，不管家里如何贫困，愣是把全身包装得无一不是名牌。所有的亲人都为他伤透了心，可他却有自己的坚持："青春就是用来折腾，用来试错的，如果在这个年龄都不能尽情地玩，那以后更没时间了，整天都要被工作和家庭压榨了。"

　　闺密和表弟的话乍一听上去很有现代色彩，打着"个性自由""为自己负责"的旗号，很有生气而且让人心动，相信很多的"90 后""00 后"都会举双手赞同。可这真的现实吗？即便青春可以活在理想里面，即便我们可以自主地选择把时间花费在哪里，但是否也要考虑成本问题。"成本"和"质量"直接相联，也就是说，你如何评估你的时间成本，决定了你会有怎样的生活质量。

　　青春太宝贵了，它的宝贵性恰恰就在于它是一粒种子，你能否茁壮成长，为他人撑起一片天全都是这个阶段奠定好了的。人有两次出生：一次是生理意义上的，脱离母体，落地而生；另一次便是精神意义上的，你成年了，能够开始为自己的人生负责了，开始知道你是自己的主人，你要承担所有的选择了。大多数人的成年期都是在二十岁前后。他们的内心开始对"孩子"这一称呼产生排斥，以"成人"的身份自居。

　　如果说我们无法选择自己的第一次出生，那么我们完全可以掌控自己的第二次出生，我们也有权利和义务这么做，如何在这个起点上有一个华美的转身非常重要。而放眼现在，又有多少正值青春的人再一次丧失这个选择自我的机会呢？

　　我想对闺密说："你现在在和一个人渣谈恋爱，并且乐在其中，在爱情中淹没了自我，那么等你下一次再选择男人时，也有极大的可能会遇到同样类型的人，因为你的爱情观不会因为男人而变化。而且，一个女生在她的婚姻上花费精力最好的时间就是在结婚之前，在你觉得恋爱可以随便谈的同时，你已经拒绝了优质的婚姻。"

我想对表弟说："如果大学四年，你一直这样过，我确定你的三十岁依然会是这种状态，很可能一事无成。你觉得现在浪费时间没什么，等你想要工作时自然就会投入，这简直是异想天开。而且现在和你一起吃饭喝酒的朋友，也许将来你需要他们时，一个都找不到。一个对自我没要求的人交往的酒肉朋友，不会是你生命的营养。"

谁都浪费不起时间，尤其在生命新的起点上。曾经有个人说："二十几岁时的约会就像玩抢座位的游戏，大家跑来跑去，乐在其中，但到了三十岁左右，音乐就停了，大家一个接一个地开始坐下，我不想成为唯一站着的人。"可如果你没在二十几岁时积累足够多的资本，想找个地方坐，未必真能坐得下。

相信我，你的青春怎样过，会直接影响你的职业、爱情和生活。我遇到过几个青春过得很糟，但到三十几岁试图"爬"起来的人，有的用了多于别人几十倍的力气才有了点儿起色，而有的，即便是爬了起来，也一眼便让人看出"漏洞"，觉得不健全。

青春，谁都浪费不起。

有边界，才自成格局

　　我喜欢的美学趋向都和"悲"有关。从理论上说，它会导向伟大、崇高，如同古希腊悲剧一样，让人心和天地有了同频的共鸣，但于我而言，于我最最实际的生活而言，"悲"中最有味道的地方是隐忍，是清洁，是坚守，是内心划定的界。

　　一贯对政治人物没有感觉，但近几年，我却对昂山素季有了极大的兴趣。坦白说，最初吸引我的就是她的容貌，像一树枯枝挺立在下过雪的荒原上，静寂、了然。对她的样子，使用形容词都是徒劳，有人说那是一种加持的光芒，我信。在被软禁的二十多年里，她靠学习如何冥想，广泛涉猎佛学，阅读曼德拉和甘地的文字度过每一天。窦文涛在《锵锵三人行》中展示了昂山素季从年轻到年老容貌变化的照片，惊叹几乎完全感觉不到是同一个人。容貌气质的改变都是修行的结果。倘若精神不纯粹，断然不会有圣洁的质地。

连在婚姻中也是如此。她的丈夫迈克尔确诊为癌症晚期时，她还在缅甸，当局给她的条件是：你可以去和丈夫告别，但必须不能再回缅甸。她知道这将意味着她会被自己的祖国流放，而另一边是自己深爱的、灵魂相契的丈夫。最后她的选择是留在国内，为丈夫拍了段视频作为告别，视频中，她穿了一条迈克尔最喜欢的颜色的裙子，在头发上插了一朵玫瑰花，安静地说他的爱是她坚持下去的精神支柱。每次看到这段故事，心都会作痛，她本质上还是一个女人啊，爱美，想拥抱爱情，愿意过岁月静好的生活。但是她用强大的内心和意志忍了，她不是给自己附加使命，而是命运找上了她，她接受，然后用悲悯去化解。

爱情是有极大的力量的，但不需要都是卿卿我我、朝夕相处。它在某种程度上是人的一种信仰，在最贫瘠的土地上，也能让你看到开得动情的玫瑰。昂山素季用它来做筛子，清理孤独活于人世的自己，让灵魂最终呈现出一种优雅的姿态。这个过程是骗不得人的，点点滴滴、分分秒秒都写在了脸上。

还有一个民国女人也是在"界"里修行。张充和在一百多岁时，依然在耶鲁保持着每日晨起磨墨练字，吟咏诗词，偶尔和朋友们来个昆曲雅集的习惯。不愿说她是活在旧时月色里的女人，因为她是新的，是现代的，那些不能丢弃的习惯，都是在以最自然、最舒服的态度做着坚定的抵抗，抵抗喧嚣，抵抗浮躁，抵抗"人人都是浮萍，没了根"的不自知。内隐的节制和专注能让一个人拥有大尺度。

老年时她回忆那个写"你站在桥上看风景，看风景的人在楼上看你"的卞之琳对她的爱恋时，没有丝毫的隐瞒或者伪饰，直截了当地回应："这可以说是一个'无中生有的爱情故事'，说'苦恋'都有点儿勉强，我完全没有跟他恋过，所以也谈不上苦不苦。"事实上，卞之琳单恋她有十年之久，写了无数的信和情诗，当别人问她为什么不直接拒绝时，她很理性且有分寸地解释："他没有说'请客'，我怎么能说'不来'？他从来没有认真跟我表白过，写信说的都是日常普通的事情而已。"

你看，她就是这样一位冷静到近乎无情的老太太，几十年过去了，也不给已经闻名于世的诗人留面子，不是自己的事，不管到什么时候，都和自己无关，一点儿都不含糊。

有"界"才能给自己清洁自身的机会。有些得不到，有些已失去，有些未曾有，都是不圆满下的圆满，只有给自己划定保护区，才能在一个国里面做自己的主人，而不是被安排来安排去。

想起徐静蕾的电影《有一个地方，只有我们知道》里面的一个场景：奶奶异国的恋人在同一个地方等了她几十年，有一个镜头是给那位等待的、白发苍苍、眼睛已浊的老先生的，看到他那张有千言万语的脸，我的眼泪瞬间就掉下来了，老徐在片子结束时说"谨以此片献给我的奶奶，谢谢你教会我什么是爱"，嗯，我也想要感谢老徐，让一个看了无数爱情片的我，在那一刻，体会到了之前从未感受到的、不完美的、有边界的爱的力量。

过一种精良渗透缝隙的生活

这一年，因为大量地开会，密集地住酒店，所以我在外吃饭次数最多的地方，就成了自助餐厅，从北方到南方，从三星级到五星级，从早饭到晚餐，"刷"了有上百遍。这个庞大的基数，让我每次漫步自助餐厅的时候，都像是在家里一样，没有一点儿生疏感，甚至还会和烤鱿鱼、做海鲜面的小哥撒撒娇，让他们不会使我等位太久。总之，吃自助餐成了我生活中再普通不过的一件事，随便到哪一家餐厅，三下五除二就盛好食材，开吃。

这样自以为家常的、自助餐就该随便的吃法，在年末的时候，却遭受了"重击"。好友来杭州出差，因为她的时间安排比较紧张，所以晚餐我们就决定在她入住的酒店里，吃自助餐解决。和以往一样，进去之后，我第一时间冲到我最喜欢的甜品区，夹起一块块小蛋糕，有秩序地把盘子摆满，心情大好；然后，去蔬菜区，这家酒店的青菜特别少，没有一样是我爱吃的，不过，上天也没有辜负我，有很多的小牛排、鱼肉、小排骨、鸡肉，我心满意足地放进另一个盘子，就这样一手一盘蛋糕、一手一盘鲜肉来到我们的位置上。

刚刚坐下，我一看，好友的面前只有一个小盘子，有次序地放着一些海鲜。我第一句冒出来的话是："你怎么就吃这么点儿啊？"她淡淡地说"吃完可以再去拿呀"的同时，惊呼地问我："你怎么拿这么多？而且这样算是什么样的搭配，吃起来会舒服吗？"我瞪大眼睛，坚定地回复她三个字——我愿意！

那顿饭，好久没见的我们，聊得热火朝天。我看着她放声地大笑，笑到激烈处甚至咳嗽的同时，我也看着她干净、利落地吃完一小盘海鲜之后，接着去拿了一小盘蔬菜，然后是一小碗白粥，十几分钟后，吃了几块水果。每次她离开位置去拿食物时，盘子上都是非常有序的，服务员如流水线上的工人一样，很顺畅地帮她换掉，然后她回来，像是带着偶像剧女主角的光环一样，是真的在享受被服务。而我呢，盯着面前吃了一半的

甜品，几乎没怎么吃的肉类，有些不知所措。似乎服务员也很
尴尬，已经为朋友换过很多次了，而我的东西一动没动，或者
说根本就无从下手。

这是一件很小很小的事情，小到她根本就没有注意到这个
细节，而对我而言，却让我深思了很久。其实，那天我在她面
前是非常狼狈的，像是从乡下来的刘姥姥，第一次真切地感受到：
即便面前摆着同样的一堆食物，有人会吃出女神的样子，而有人，
如我，则吃得灰头土脸。可是，明明我在一年的时间内，已经
吃过上百次的各式自助餐了，为什么还会出现这种情况？问题
到底出在哪里？

这让我联想到有一次在飞机上遇到的情况。大约是下午三
点多的时候，服务人员开始分发机餐，到我身边时，我身边一
对六十岁左右的老夫妇摆摆手说："您好，我们不需要。"空
姐刚刚往前走了几步，就听到一个很响的女士的声音："可不
可以给我两份盒饭？我太饿了！"周围的人全都侧目视之。当然，
很多人会对我观察到的情景评价说：贱人就是矫情。人家付了
机票，又饿了，多吃一点儿又能怎样？是啊，又能怎样？如同
我花了钱去吃自助餐，不应该是愿意怎么吃就怎么吃，愿意吃
多少就吃多少吗？

　　我可能到了不再允许自己"愿意怎样就怎样"的阶段了，开始变得在各个方面都要求自己精良、克制和有一种优质的范式。你希望"过去的那个自己死掉"，却发现总是在某个神不知鬼不觉的时候，就可能暴露你过去的痕迹，让你觉得心中有了一颗痣。在吃的问题上，我花了两年多的时间，才让自己不吃那么多，吃多少盛多少，倒不是出于不浪费的考虑，而是我知道：当我拿东西，尤其是免费的东西的欲望增大的时候，我是不节制的，是放任自己的。我不能这样，我想要过一种能控制的生活，从方方面面，边边角角，都要能克制住自己。

　　可能我还要再花几年的时间，才能像我的朋友那样，有层次地把一顿自助餐都能吃出大餐的样子，才能不会让我将甜食和肉类并置在一起。有些人的贵气或者优雅，是天生的，来自于熏陶和环境，而我们这些从底层生长起来的人，每一步、每一点都是需要训练的。你或许会说："做自己不是很好吗？为什么要向她们看齐？"——为什么？因为不是出于崇拜、不是出于矫揉造作，而是出于你的真心、出于你的审美，你知道，那的确是好的，是优质的，是值得你做些努力去实现的。

　　我一个人毫无知觉地、以补充体能为唯一目标地吃了一百

多次自助餐，几乎没有什么快乐可言，就是为了吃而吃，甚至
还会因为搭配不合适，导致身体不舒服。她也不是有意识地吃
出那么有秩序的一餐，可是，她应该也是从有意识地安排自己
的饮食开始，才走入了一举手、一投足都是利落、精良的阶段。
安排和控制自己，并不会让生活失去乐趣，只会让生活失去低
级的快感，从而收获到更高级的愉悦。

忽然，还想起今年我做出的另一件关于吃喝的哭笑不得的
故事。和还不太熟的朋友，相约去星巴克，渴得不行的我，拿
到滚烫的咖啡之后，为了让它迅速降温，我便把盖子扔掉，直
接大口饮用了，我无意间看到了对方不自在的眼神。没有人规
定咖啡怎么喝，我也不是个装 X 的人，可是，这个事情过去很
久了，依然会让我一个人时，想起来也会觉得尴尬。也许，真
正让我放不下它的，是我担心有一天，我也会像我在飞机上侧
目视之的那位女士一样，做出根本觉察不到的、赤裸暴露生物
性的举动吧。

无论什么，都别太满

我不喜欢一切满的东西，盛半杯温水，吃八分饱，爱有十分也只给他五分。从来都不敢接近密不透风的人群，遇到每每把话说满的人也都只能是点头之交，对于满，可以说我是怕的。它重重的，是有压力的，是无秩序的，是不爱自己的。

看《刺猬的优雅》，爱极了看门人米歇尔夫人，她的生活如同她的居所一样，在最不起眼的看门房之后有一间深不可测的书房，她对精神生活是拘束的，是放不开的，可也正因为这种保留，成就了她动人的优雅。拥有留白质量的生活都是不张扬的生活，它不是靠激情短暂地迸发，而是炉火一样，慢慢充盈光亮。这需要功力，而不是功利。

　　以前读小说、看电影都想要个结尾，再往前，父辈那一代更想要一个大团圆的结局，而到了现在，一点儿结尾也不要了。我不再关心人物在故事中有了怎样的人生，而是故事一旦开始，就在我的心里生长，不是在作者、编剧的笔下，也在这种程度上，故事有了和唐诗宋词一样的"韵味"。当故事有了留白，有了充足的想象空间，它才能够入心，而不是入脑。脑子是用理性来分析和规划的，而心是动情的，是感受和体会的。

　　最近一直在读"中间代"作家盛可以的小说，一本接一本地读下来，留给我的却是不舒服，而是一种紧张感，这种紧张感就是来自她故事的满。泥沙俱下，荷尔蒙飞溅，粗粝天然，读起来有快感但累极了。快感是很容易出来的，可它也是低级的，低级到只用感官就可以营造出来，是性器官的赤裸裸呈现，是每个人物都像无头苍蝇一样嗡嗡乱飞，是用方言来佯装最底层的真实。

　　同样是在写性，我还是爱冯唐，冯唐是有很深的古典文化根底的，而这个根底的核心就是留白，即便出现了性，带给你的也会是想象，而不是直接把一些器官罗列出来的画面。《女神一号》中，他用了三千字描写一个吻，吻得活色生香，吻到每个人内心火花乱溅，情欲生长，这些都是舒服的，会让人放松，而阅读不就是一种休息吗?

　　生活需要留白，艺术需要空间，而爱情亦是必须有缝隙。见过太多女生飞蛾扑火似的爱一个男生，最后把自己烧得面目全非。飞蛾扑火的结果就是死，就是破坏，因为它太满了，没有一丝余地，根本没有拿出一点点时间来看看自己。

　　无论何种关系的两个人，一定要有距离，父母和儿女，丈夫和妻子，男朋友和女朋友，无一例外，这种距离是对彼此的保护和成全，也是一种自持。有留白的爱是在表达：我爱你，我也爱自己；而满格的爱是在说：我为了爱你，甚至可以放弃自己。

　　弘一法师在和日本妻子相识十一年后出家，妻子携孩子来寺院找他，他连寺门都不让进。深感无力挽回的妻子要求见他最后一面，在清晨薄雾笼罩的西湖，两舟相向，妻子喊："叔同！"他说："请叫我弘一。"妻子问："弘一法师，请告诉我什么是爱。"他答："爱，就是慈悲。"

　　这个回答，很自然地让我想起了张爱玲那句"因为懂得，所以慈悲"，也无怪乎张爱玲说"不要认为我是个高傲的人，我从来不是的——至少，在弘一法师寺院围墙的外面，我是如此的谦卑"。

　　很小的时候看弘一法师的故事，就没有感觉到一点点的冷酷无情，而是有种说不清的东西在其中。到了现在，终于明了那种说不清道不明的东西是什么了，就是留白，对一切事物的爱必须以留白为底子，不然一方占满，便看不到其他。

他的学生丰子恺说弘一法师是有三层生活的，先是物质生活，后是精神生活，最后到达灵魂生活。我们常人最多也就是到达精神生活层面，尤其是中国人基本没有什么宗教信仰，林语堂说"他跳到红尘之外去了"，那"红尘之外"就是大片的留白，灵魂的自由。

去年春天我去虎跑，亲眼见了他写的那四个字"悲欣交集"，觉得身体一阵冰凉，在一生里，都会记得它。

好东西是很少被埋没的

有天睡前读了一篇关于跑步的文章，觉得写得真好，作者不但将跑步的相关知识做了普及而且文笔极棒。我在网上读过无数篇关于跑步的文章，这是唯一真正从心里打动我的，运动绝对不是一个技术活儿，而是体力与精神的双重建设，想要说得动情入理，不是件容易的事。当我从开头慢慢读，慢慢读，读到结尾时，彩蛋出现：这篇文章的作者竟然是我非常熟悉、已经成名的作家朋友。

那一瞬间的感受，怎么说呢，突然就相信了"海选"的真实性，有才有料的东西一定会被看到。网上的文章如汪洋大海，有很多人想要通过写作出名，往往是文章石沉大海，掀不起一点儿波澜，但到底是网络淹没了众人，还是你的才华还不足以让你显山露水，占据一小片山头呢？

最近一两年，我大部分的生活都是围绕写作、出版进行的，每天接受的大部分信息也都与作家、编辑有关系，相对来说，我的关注点更偏向于畅销书的方向，因此会听到无数的人在谈"如何一手打造畅销明星？""如何做一本销量过百万的畅销书？"在和编辑聊天，谈合作时，也会被问到"你觉得自己的书畅销的潜质在哪里？"更有甚者会先把作者的照片找来，依照颜值来判断。世界如此喧嚣，似乎在说：只要你这个人具有红的潜质，你的书也一定会畅销，人红就等于书好。

不，我从来都不这样认为，即便很多人通过此种途径在畅销榜上高居不下。因为这是两种渠道，没有对比性，只不过需要承认的是两者都需要"好"和"优秀"做底子。

一种是凭借写作之外的因素"好"，或者说人脉很广，或者是颜值很高，或者是人具有争议性，或者是身份特殊，总之不是因为文字有多好；而世上还存在另一种"畅销"的法则，就是你的文字好，也就是说两个方向之中，你得有一方足够好。倘若在这两个维度都表现平平，那也只能接受作为一名默默无闻的写作者的命运。

我不歧视其中的任何一方，写作之外的事情做得好，依然值得学习，一切优秀都不是从天而降，都是在某个方向上扎根耕耘的结果。换句话说，只要你在一件事情上做得好，就足够让你出头。

我们总爱说"成功之人，必有过人之处"，其实，那所谓的"过人之处"，只不过是比大多数人多一点点的优秀而已。没有必要在很多个点上都做得很好、很棒，但总得有一个点，让你为自己骄傲，也可以当作自己成功制胜的砝码。

如果现在的你还觉得怀才不遇、无人赏识、运气不好，不妨换个角度想：自己也确实还做得不够好，还有发展的空间。

经常看一些选秀节目，一些四五十岁的中年人会参加，但比赛结果可能并不尽如人意。也许在他们参加节目之前的二十多年里一直觉得自己怀才不遇，没有好的平台，等到有了好的机会时，到头来，还是发现即便给了你舵，你也未必就能把船划得很好，也许之前的自己一直生活在"伪命题"之中。

看某档辩论节目，我也会想，参加的这些选手出现在荧幕之前，都在做些什么？怎么能突然通过一档电视节目就让人那么深刻地记住了？其实，所有的看似"从天而降"都是有伏笔的，他们或者在大学的辩论赛上舌战群儒，或者甘愿坐冷板凳开发自己的脑洞，或者就是用青春拼搏出经历，闯荡出接地气的经验，总之，每个人都是在一个方向上努力着、积攒着，为了那一点点的比别人好。

当然，如果你是一位"好"姑娘，或者一位"好"人，在性格、事业或者容貌上有那么一点点的过人之处，那么也一定会有异性或者同性的朋友"发现"你，而不是对你视而不见。

【和蓑依聊聊天 1】

你是否真的试图了解过自己？

想和你谈谈我这几年的内心变化，也请你分析看看我应该
怎么做才能成为一个 betterme。

首先是我的得失心蛮重的，说得好听点儿，一直很上进很
要强，说得难听点儿，就是没有竭尽全力还抱怨自己的成果不
够丰硕。自从发现不是事事都天道酬勤之后，我开始怀疑努力
的意义，更令我不能摆正心态的是，比如在周围同学都打酱油
的情况下，凭什么我的成绩就会比一部分人低呢？我该怎么调
适这种落差感？我总觉得"实力与所得"不匹配。（嗯，不是
努力与所得，而是有点儿自恋的"实力与所得"的不平衡关系）

另外，蓑依姐你觉得成绩好在研究生阶段还是最重要的事
情吗？我想转换自己"成绩处于中上游就可以了，找到好的实

习平台为以后的工作做准备是目前更重要的事情"的思想，不
知道会不会偏离读研究生做学问的初衷，无法"厚积薄发"。

其次就是感情的问题了，你觉得两个足够独立的人在一起
之后还是保持较高程度的独立，是不是很奇怪的事情？虽然是
异地恋，但我似乎从来不担心什么。我挺喜欢两个人这样互相
陪伴的状态的，累了的时候有个人听你发牢骚，开心的时候发
一张照片过去也可以感染他，我喜欢的另一个作家说过"绝对
不支持异地恋，你的千言万语敌不过别人的一个低眉浅笑"。
我也只是当每个人的经历不同，听听罢了。你怎么看呢？异地
恋的话题你也谈过不少，我只是想知道，你看好不腻歪而且高
度理性的异地恋吗？

最后是人际关系了，我觉得自己人缘不错，但是不太会处
理人际关系。这话是不是看似矛盾，但真的就是这样，因为我
很温柔细心，可以一对一地对每个人贴心、关心。但是如果人
数多了，我很容易"口无遮拦"，有时候因为一个人让另一个
人硌硬还不自知。该怎么做才能"面面俱到"呢？

【蓑依答复】

姑娘，先容我感叹一声：你的问题可真多啊！当然不是指
你个人的问题，每个人如果细心挖掘都会找出一堆不满意。我
是说，你抛给我的每一个问题都可以让我长篇大论地谈，因为
每个方面都很宽大。

可是你知道吗？在你提出问题的时候，也是在表达自己。

当你一股脑儿地把问题抛给我，或者你很信赖的朋友时，其实，不管是对你自己，还是对对方都是不负责任的，因为没有挑选，便意味着随意使用对方的情义和精力。有选择性地提问题，不是一泻而出，这样别人才能有针对性地帮助你，效果也最好。谈论十个问题，不如把一个问题解决来得高效。

如果每个问题，你都想问我的看法，那我们就简短地讨论一下吧。

首先，怀疑努力的意义的人一般都是根本没怎么努力的人。我希望你可以找一张纸，在上面罗列一下你用尽全力做过哪些事情，我相信不会超过两件。所谓的"得失心重"，所谓的"落差感"，说句不好听的，都是因为自己想得太多，甚至有些自以为是。如果一个人做得很多，而不是想得很多，一定不会出现这种问题。我敢保证，你根本没有非常努力，因为在你说上面的话时很没有底气。

其次，关于研究生阶段的学业的看法，其实和第一个问题直接相关。你说如果实习了，为工作做准备了，是不是就不能厚积薄发了，姑娘，这个问题真的是你想多了。你都不知道自己想要什么呢，别想那么多。先想明白你读研究生的目的是什么，如果你是想做学术，就全身心钻研啊，别考虑什么工作不工作的，先厚积薄发去考博啊；如果你确定毕业后就直接工作，那就去实习啊，在学术上厚积薄发干什么啊？先清楚自己想要什么，再想怎么要。

第三个关于恋爱的问题，其实和你第一、第二个问题也是直接相联的。姑娘，我并不觉得你是一个能够保持较高独立性的人，根据你给我的这篇文章判断。我不想和你谈关于异地恋的结局之类的，因为你的问题其实和是否异地恋无关，而在于你是否认清了自己。

你到底是一个独立的姑娘，还是一个不会谈恋爱的姑娘？你到底是一个独立的姑娘，还是一个自私的姑娘？你考虑自己的时候，考虑过你男朋友的感受吗？当你回答了我这些问题，再去想关于异地不异地的问题。甚至我觉得你不适合异地恋，先从近距离的恋爱谈起，才能更好地打开你自己。

最后一点，关于人际关系。真的不要说自己的人缘有多好，我不相信一个不因时因地说话的人会有特别好的人缘。我不知道如何做到"面面俱到"，因为我讨厌任何试图面面俱到的人，很假很装。在任何场合，面对任何人，只要心里想着尊重对方，都不会口无遮拦。

如果想要成为一个更好的自己，不要做其他的，先弄清楚自己到底是怎样一个人，好吧？你的问题是成系列的，破解了一个，其他的全部都会变容易。这和你提出问题的方式也是一致的，想要的太多，往往什么都得不到。

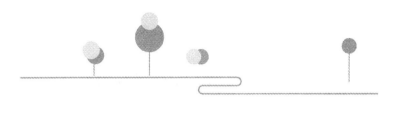

愿 你 特 别 凶 狠 ， 也 特 别 温 柔

第二章

在不体面的世界，体面地活

大多数的受伤，都是自己制造的

人与人之间伤害最深的不是在台面上战个你死我活，而是对方在明处，而你自觉逃避到暗处，一遍遍地望着光亮处，舔舐自我制造的伤口。

野象小姐去年九月份和男友相恋在一起，今年年初男友去了法国读书，她虽然有很多的不舍，但想到男友的前途，想到男友归来的时刻，便觉得值得等待。异国恋总是难熬的，你在深夜睡觉时，他可能在吃午饭，想要的甜蜜会因为时差而打了折扣，想到还有两年多的时间都要这样度过，野象小姐有点儿痛苦，但更多的时候，会觉得没什么大不了的，只要两个人相爱，只要有他在，一生那么长，慢慢来，都值得。

男友出国五个月之后的一天，野象小姐突然收到男友的信息——"我们还是分手吧。"她觉得一定有什么误会，否则不可能发生这种事情。她理智地请求男友说明原因，对方的解释是：我很喜欢法国，决定以后在法国工作和生活，而你不适合国外的生活，两个人异地，我没法照顾你，所以我决定分手，但我们可以继续做朋友。

听到这么正式而冰冷的解释，野象小姐才知道"分手"这件事是真的发生了。接下来的事情，和很多女生会做的一样，她开始想各种办法挽回，对方给出更直接的方案：如果你觉得我作为朋友的存在会打扰你的生活，那么我会在你的生活中消失。这不是野象小姐要的结果，一点儿也不是，可她越努力挽回，对方越坚决。

接下来的两三个月里，野象小姐都以泪洗面，痛苦不已，不能接受这个事实——"我爱他啊，天地如此之大，遇见和自己相爱的人是件多么难得的事"，她完全不想要放弃，无比珍惜这份感情，无法说服自己：两个相爱的人，怎么可以这么迅速地就分手了呢？

又过了两个多月，她做出了一个决定：她要出国，即便出国费钱又费力，因为这关系着她下半辈子的幸福，她不能就这么轻易放弃，不能给自己留下遗憾。她和父母说明了自己的想法，父母说如果她自己想清楚了，他们都支持。最近，她打算辞掉国内的工作，出去奔赴自己的爱情了，但内心一点儿底气都没有，她不知道能否在国外生活下去，而他又能否给予她支持和鼓励。

每个在爱情当中的人都是飞蛾，都有扑火的勇气，而有一个成语叫作"有勇无谋"，当在一件事情上影响你的最大因素是勇气时，你就要想想在此处你是否有"谋"，是否认清了形势，是否清醒地面对了自己，又是否在理智地行事。

优质的爱情需要无来由的感性，在遇到问题的时候，也需要有理有据地去面对。人们总爱把爱情特殊化，觉得和世间其他的事情不一样，其实，任何事情都有共通性，而共通的东西往往才是最本质、最需要用力的地方。

在我这个局外人看来，不管男友以何种理由分手，这份感情基本上是不能挽回了。男生拒绝女生的方式有很多，如果不是渣男或者有了敌对的事情发生，一般都会采取委婉的方式来表达，只不过，无论什么方式，一旦对方说出了分手，都已经是深思熟虑的结果，都是已经不爱了。

野象小姐最大的理由就是"可我爱他啊"，世上有太多的东西都是一厢情愿，你爱他，他也有权利不爱你啊，不能因为你爱他，就强制人家爱你。我不是一个悲观的人，可我在短暂的二十几年得到的经验就是：太多事情一旦失去了，就是不能挽回的，即便你打算付出生命的代价，仍是不行。也因为"我爱他"的存在，让野象小姐对这段感情有了单方面的希望，总觉得男友还是爱她的，总觉得只要她出国和他在一起，两个人就能幸福地走下去。

可以暂时不想要面对现实，但请你务必不要再伤害自己。在我看来，抛弃国内的一切，不管自己是否有在国外生活的能力，就要去国外挽回这段感情，就是在伤害自己。错误是有代价的，一个人在错误的道路上走得越远，付出的代价越大，势必就会受到越深的伤害，而这个伤害都是自己制造的，和对方没有关系。

如果说"对方不爱你了"这一点伤害到了你，那伤害指数可能是5，而如果你自作主张去了国外找他，他依然要和你分手，这么一折腾，伤害指数就会增长到10。我不是主张分手了就不要再去挽回，而是你需要清醒且理智地分析一下还有没有挽回的可能，否则就是别人口中的"瞎折腾"，没事找事。

无论怎样，分手或者被分手都是一件痛苦的事情。我能体谅面对这种局面时的无力感、脆弱感，但亲爱的，这就是人生，这就是生活啊，和你小时候想要HelloKitty的书包一样，无论你多想得到，父母就是没钱买给你，它就是无法出现在你的课桌上，可最终你也接受了这种现实，背着十几块钱的小书包也能快快乐乐地上学了。

失去一段感情，并不可怕，尤其是还曾经有过美好的回忆，可怕的是一直"骗"自己，一直"折磨"自己，一直给自己制造伤害。

一个有棱角的人，更能获得尊重

抱着了解一下节目形式的想法，看了第一期的真人秀节目"偶像来了"，看了不到一半就关掉了。除了里面的设置有我不喜欢的之外，再就是一听到杨钰莹"长篇累牍""滔滔不绝"地对人夸奖和赞美，我就有些受不了。也许她的欣赏是发自内心的，但是当这些"甜蜜炮弹"集中出现时，你会不自觉地去怀疑其中的真诚度。

生活中，很多人会有杨钰莹在节目中呈现出来的这一面。从他们的口中听不到一句负面的评价，全都是"你好、我好、大家都好""太阳当空照，花儿对我笑"。但有个很矛盾的点是：这些每天小心翼翼说话，生怕得罪人的人，反而最容易得罪人；这些每天凭借矫饰的语言来试图获得别人接纳的人，反而最不受人欢迎；这些自诩为"会说话"的人，恰恰是最不会说话的人。

　　每个人生来都是有刺的，这个刺，向外可以伤到别人，向内可以伤到自己，一切都是自然而然的，没有人的一生不会伤到别人，也没有谁能把自己保护得完全不受伤害，伤害和爱、快乐、痛苦一样，都是再正常不过的情绪，它是一种通道，借由它，可以释放你内心的毒素，让自己得到洗礼和自新。没有了它，就像你自己斩断了众多翅膀中的一只，只会失衡，让飞翔变得跌跌撞撞。

　　有朋友说"我在工作和生活中，总是把姿态放得很低，以致别人都会欺负我，看不起我"，我说"亲爱的，这不是姿态的问题，而是首先，你没有尊重自己"。一个尊重自己的人，允许自己有喜怒哀乐，允许自己遇到难听的话就发脾气，遇到不解的事情就争吵，遇到难过的事情就哭泣，只要保持在一定的分寸之内，大家都可以理解，并且能够对你的境况感同身受。

　　相反，如果同事在背后说你坏话，你还在人面前为她解释，说"其实她是个很好的女孩"；大家觉得办公室里某位女同事新剪的发型太雷人了，都默默做事、不做评论，只有你发现新大陆一般说"你换新发型了，好漂亮哦"；你职位低，每天想得最多的不是该如何在工作中出谋划策，贡献自己的想法，而是整天忙着给别人端水，给别人泡咖啡。在做这些事情之时，你有尊重过自己正常的情绪吗？

情绪是很有习惯的，如果遇到某种你不想展示的情绪，你就压制它，那么它很可能就会在你的生命中消失。放眼望去，那些做了几十年老好人的人，不管你怎么激怒他，他都已经失去了发脾气的能力。

人无完人，不管你如何努力，都不可能成为一个"完美"的人，这是"老好人们"做出改变的前提。世上真的存在自我感觉很完美的人。

我的一位朋友，相识四年了，从她口中没有听到过一句负面情绪的话，即便是在来"大姨妈"的时候，她的心情也是保持在"阳光明媚"的状态。她以为她从不负面评价别人，别人就会对她有好感，所以，经常遇到事情的时候，她就告诉对方"这有什么，我和XX是好朋友，到时候，我跟她说一声就好"，于是，她便热情地去找XX帮忙，基本上类似的事情，全部的结果都是XX们直接拒绝，但她依旧会给XX们找台阶说"他们也有自己的难处"。

这世上有你全心全意对别人好而对方依然不会喜欢你的事情存在，更不要说你只是用语言去说了几句让人家耳根痒痒的话，对方又不傻，凭什么就对你掏心掏肺，你只是自我感觉良好而已。

　　相反，做一个有棱角的人，恰恰是能够赢得尊重的途径。因为有棱角，意味着你不会委屈自己，你有自己的原则、底线和判断，也意味着你并不完美，让他人可以坚定地和你站在一起。

　　我有一个朋友在摄影方面才华横溢，但脾气很火暴，不管对方是多大的腕儿，只要触犯了他，他一定撒手不干，可结果却是，这么多年，他在行业里混得越发风生水起，大家都知道他的脾气不好，也都通过大量的片子见识到了他的才华，便放心把一些工作交付于他。

　　所以，我有时候会想，那些脾气巨好、嘴超甜的人，是不是大多是一些没有什么才华的人，能力不行，就试图用"伪道德"来弥补。仔细观察一下，似乎还真是。

　　或许，做一个有棱角的人，也是需要能力的，需要相信自己，需要看得起自己。又回到了原点：你看得起自己，别人才会看得起你，也才会尊重你。

有些不幸，是自己附加上去的

　　某天在网站上搜片，竟然找到一部莱昂纳多少年时的影片《不一样的天空》，那个时候，他最多十五六岁，可真是太帅，太帅了。这部作品是 1993 年上映的，之前没有听说过，等看完，才发现里面都是大神级的人物。

　　影片的主角是约翰尼·德普，讲述的是由德普扮演的哥哥吉伯特独自撑起一个家庭的故事。他的父亲去世后，母亲就开始不停地吃，体重剧增到六百磅，一跺脚，地板都会裂；莱昂纳多扮演的弟弟是个智障，被医生诊断活不到十岁，却很"幸运"地活到了十八岁；妹妹也正值叛逆的青春期，整个家庭都是一团糟。

　　面对贫穷而荒凉的村镇上这样的家庭，吉伯特只能默默承受，带着弟弟在便利店打工，认真送好每一份货物。感情上的空虚和缺失，由一位已婚的太太来补充，每次去给她送货，都激情一番，看不出吉伯特是否爱她，一切都是平静地接受，没有爱、没有恨、没有抱怨、没有欣喜。

后来，从外面的世界来了一位美女"天使"，吉伯特对她一见钟情，等到她想要和吉伯特一起去外面的世界看看时，吉伯特没有选择离开，而是继续如同白开水一样地生活着。只不过，最后妈妈去世，为了让她有尊严地埋葬而烧了房子之后，全家人各自开始新的生活，他才带着智障的弟弟去了远方。

这部影片其实和"励志"很不沾边，但却在观影的近两个小时里面给了我很多力量。这种力量源于吉伯特的"收束"，他对苦难是克制的，是画个圆把它圈起来，不让它随便乱跑；是有多少就承受多少，不随便给它增加重量。

人性中，很普遍的一点是，在遇到苦难时，大多数人都倾向于认为自己是最可怜、最不幸的那个人，进而把苦难放大，压得自己喘不过气来，然后顾影自怜，画地为牢，让自己走不出去。

困难并不可怕，重要的是面对困难的方式。人并不能拒绝困难，但可以做到不扩大、增加困难。

困难是一种客观存在，它往往能通过具体的手段得到解决，可总有些人，会给它增加一些主观的属性，甚至使它完全被主观的东西所取代，等到清醒过来，才发现，最终面对的已经不是现实，而是自己臆想中的世界了。

有太多的苦痛和不幸，都是自己附加上去的，和眼前、当下的现实没有多大关系。

女孩从小在一个大家庭里生活，和爸爸妈妈、爷爷奶奶住在一起，按照很多人的想象，女孩肯定是"小公主"，备受家人的呵护和疼爱，但事实正好相反，她觉得自己过得糟透了。

从小到大，似乎家里唯一的活动就是"吵架"，爸爸和妈妈、爷爷和奶奶、妈妈和奶奶，每两个人之间都有可能随时会争吵、争吵。在这种环境下成长的女孩，每天放学回家都充满了恐惧，不知道什么时候这一切就会突然爆发，不可收拾。

终于等到上了大学，女孩可以离开家了，稍微松了一口气，可是大学是有暑假的，在外地读书，暑假本来可以安排在外面实习，但一想到以后工作了更没有时间陪家人，便在暑期回了家，这个家却没有因为她的回来而有一点儿变化，还是吵吵吵。

她劝过爸妈搬走，也劝过他们离婚，都无济于事，父母根本不听。十几年的争吵，让女孩开始对婚姻充满恐惧，她觉得自己过早见识到了婚姻的丑陋，所以她只想一个人生活，不想恋爱，不想结婚，害怕重蹈父母的覆辙。

其实，女孩这样的家庭情况在中国算是很多的，尤其是父母争吵一辈子的情况并不少见。的确，在这样的环境中成长，是会很不快乐的，这是必须要承认的现实，即便是一个再乐观的人，也无法长久地、心平气和地应对。

但事实上，一切都没有女孩想象的那么糟，很多时候，是她给自己附加了太多。

首先，我们来谈谈"争吵"这件事情，我虽然不喜欢也不提倡它，但在现实面前，不得不承认，有些父母似乎天生就是"死对头"，一辈子都在吵吵闹闹，即便到了把家里砸得稀巴烂的程度，依然"不离不弃"，换句话说，"争吵"就是他们的相处方式，是具体的手段。在这种方式和手段的背后，是有亲情的存在的，他们知道彼此是离不开的。

对于家人长年累月的争吵，你会觉得不适，但也请务必不要恐惧它、放大它。你知道吗，最可怕的是两个人连争吵的力气都没有，谁都不愿意再和谁多说一句话，所以不要担心家人吵架会使得整个家庭离散，从女孩的讲述来看，恰恰是争吵，使得整个家庭有机地联系在了一起。

成年人碍于知识水平、物质条件的关系会有"非正常"的发泄方式，但只要是发泄出来，就能疏通内心，也就有解决问题的可能。换个角度看"争吵"，也许，他们并没有那么糟。

如果可以，每次回家，他们争吵时，你就去自己的房间，或者只听不做评价。无论如何他们是你的亲人，而不应该成为你逃避的源头。当一个女孩子想要从"家"里逃出来时，无论有怎样充足的理由，无论在什么境况下，都会得到最大的伤害。

终有一天，你会明白，只要有父母在，那所房子，那两个人就是你的"避风港"。接受"争吵"的事实，坦然面对它，不要再想着去逃避，更不要因为父母就去怀疑恋爱和婚姻，你怎么就能确定你的父母不相爱呢？没有人会影响到你的爱情，除非你把自主选择的权利交出去。

女孩确实没有那么幸运地出生在一个"相敬如宾"的家庭，殊不知，即便父母相敬如宾，孩子也会觉得父母缺少激情，只像亲人，不像恋人。每个人都有不幸或者说不幸福的地方，关键看你如何去看待它以及是否做到了客观地去衡量它。

在女孩的"三观"都没有建立的时候，就开始一门心思地逃避是可以理解的，现在你已经是成年人了，应该用更成熟、更客观的视角来看待这种家庭关系。

不要去夸大它，记得，当你以一种唯一的、绝对的视角去看待事情时，很多事情本身根本没有什么问题，问题出在看这件事情的人身上。

不是所有的过去，都会成为情结

有次和一位很好的朋友一起散步，我积极地邀请她和我一起跑步，她直截了当地拒绝了我，我随即开玩笑地说"你也不瘦啊，胖胖的，减减会更好看的"，她对我苦笑了一下没有继续说下去。

等到散步完，各自要回家的时候，她才小心翼翼地告诉我："亲爱的，我不是不想减肥，而是我根本不可能减下来！"我很惊讶："为什么？"她很为难地说几年前和那个人渣男友谈恋爱时，年少不懂事，吃了几次紧急避孕药，也就是在那段时间迅速胖起来的。她继续解释说紧急避孕药会使得身体内的激素水平发生变化，她从网上查来的资料，的确会使人发胖……

没等她说完，我就打断了她，问她："如果我没有记错的话，你和那个男生在一起是四年前的事情了吧？四年的时间，身体系统整个都已经更新一次了吧，那些药果真就能对你的身体产生那么持久的影响吗？"

她是相信医学的，觉得肯定是激素导致了她现在的肥胖，但她也爱美，也自觉瘦一点儿会好看很多，也许是我的好胜心作祟，我非要证明给她看，即便有激素因素，她的肥胖仍然是可以改变的。

我们约定好一起靠运动和节食减肥，半年之后，出来的结果是，她减掉了二十几斤，而我却减掉了最多十斤。现在一年多过去了，她的身材依旧保持得很好，没有一点儿反弹，别人一见她就夸，只不过每一次她都要把我拎出来感谢一番。

在减肥的过程中，我无数次地问过她一个问题："在之前的四年里，你没有做过一点点减肥的尝试吗？"她都很坚定地摇头，这使我觉得不可思议，即便可能会有药物的影响，但总得做些努力尝试一下吧，总得给自己留点儿希望吧，但她一点儿都没有。

她很平静地说："亲爱的，你没法体会我的感受。其实，这四五年的时间里，我都生活在这件事情的阴影之中，会觉得后悔，也会对那个人有怨恨，总觉得现在的一切都是由于吃药造成的，身材变形后不愿见人，对工作和生活都没有了积极性，苟且度日，似乎人生不会再好起来了。"

生活中很多事情都是如此，当你认定某些事情是某种原因造成的，就会走不出这个怪圈了，仿佛做什么事情都是在这个影子之下的。

有个女孩给我写信，说她现在不敢在陌生人面前说话，自己找到的原因是小时候哥哥脾气非常暴躁，以致她长大之后，每当在别人面前说话，都会担心对方是否会脾气暴躁，让她恐惧，最后，她问我怎么办。

我想起了我读书时有一位文学课老师，为了帮助我们理解人物形象，会给我们讲一些心理学方面的知识，其中有个概念就是"情结"，大致的意思是如果你小的时候受过什么伤害，长大后这些伤害会通过潜意识的状态影响到你，这位老师很信任这种分析。

于是，有女同学说自己没有安全感，老师就会从小时候父亲是否经常陪伴她来分析；有同学说怕黑，老师就会引导她思考小时候有没有被吓着的经历；有人说自己特别容易喜欢上所谓的"坏孩子"，老师就会找到她小时候被坏孩子欺负的经历。时间久了，我们班的很多人都会用这种方法来分析自己，一遇到问题先去找自己的"情结"在哪里。这一度让我觉得失控而后怕。

一方面，我对心理学的任何概念只做了解，并不信任，它只是用来引导我们认识自己的工具，而不是唯一的法则，人是无比丰富的，没有哪种模式或者原则可以解释清楚一切。

另一方面，不是所有的过去，都可以成为"情结"，当我们追根溯源的时候，很多时候是在错误的方向上运行，而且会让这种错误导致我们当下的生活没有任何起色。甚至有时候我会觉得，普通人根本没有资格来谈"情结"，这是一个需要心理专家来认证的东西，不是你找到一个源头就能判断的，必须有某种测试性在里面。

我们普通人能做的就是让过去的成为过去，让对过去的解释成为影响因素的一种，而不是全部或者决定性因素，真正应该用力的地方是在当下。你要相信，没有任何一种因素可以决定你现在的生活，人生是无数因素的结合，在这个方面失利了，一定可以在别的方面得到补偿。

倘若你觉得肥胖的原因可能是之前的药物，那么把它当作影响因素的一种，不在此发力，而是花费更多的时间去寻找在肥胖已成事实的情况下减肥的方式，不是坐以待毙，而是面对现实，面向未来。

如果你觉得哥哥脾气暴躁影响到了你，那就把这个观念放在一边，开始通过阅读相关书籍和不停地进行人际训练来让自己敢在陌生人面前说话，而不是抱着"我小时候受过伤害"的伤口一遍遍地舔舐。

如果你觉得自己没有安全感，就通过自身的努力来给自己安全感，绝不能一直想着"三岁之前我爸爸都没有抱过我"而不能释怀，认识到爸爸的错误，认识到自己小时候的无助就够了，剩下的就是去解决这种问题，反正又不能回到三岁，让爸爸再抱你一次。

每个人都曾受过各种各样的伤害，但这些伤害很少可以构成影响你一生的"情结"，很多时候，只是你在内心放大这种影响罢了。

有个著名的"俄狄浦斯情结"，就是所谓的"恋母情结"，可是生活中我们很少见到恋着母亲而不去爱人的人吧？有些男人不管是相亲或者找工作时都会带着母亲，多多少少算是影响比较重的，可即便如此，他们不是也都按照常规的生活轨道走在了相亲和找工作的路上了吗？

所以，不管你曾经受过多大的伤害，认识到它会对你有影响之后就把它晾在一边，让它成为过去，重要的是埋头去参与更好的现在和未来。

你所担心的，一个都没有到来

在过去的几年中，有一点，我是非常厌恶自己的，那就是——我特别容易为没有发生的事情而担心。

我是一个在面临大事时非常冷静且理智的人，但是在面对生活中的一些小事时却会变得异常的焦躁和不安。我花了几年的时间来认识和忍耐这种情绪，直到现在，我才坦然接受它，然后尝试着去改变。

这种"担心感"只是一种表象，背后其实是不安全感在作祟。也就是由此出发，我并不觉得自己是一个很强大的人，有时自己都佩服的坚强和独立，不过是蜗牛在面对不熟悉的环境时无意识地做出的生理反应而已，究其根本，我在很多情景下还是不安的，是需要在对外的诉求中寻找安全感的。

比如说学校要开班会，我有事在外地不能及时赶回，老师又不允许请假，在现实面前，我唯一能做的就是偷偷逃掉，一切看运气。我虽然知道班会都是讲些基本没用的话题，也知道即便被发现，老师也只是批评几句了事，不会严重到什么程度，但在开会前以及开会当天的时间里，我一旦闲下来，就会对这件事情担心，会想万一出现这种情况该怎么办，万一出现那种情况该怎么办，越想越害怕，越想越不知所措，甚至会上升到人生的终极命题：自由和限制，进而对教育体制有极大的不满，这种坏情绪甚至会影响正常的工作。

与我的焦灼形成鲜明对比的是我的同学，我着急地问他们该怎么做呢，他们几乎全部都是哈哈一笑说"你紧张什么啊？这种小事不足挂齿，我们会根据情况临场反应，灵活处理，你放心就是了"，可放下电话的时候，我脑海中还在想：同学毕竟不是当事人，所以才会如此云淡风轻。

比如说在我考学的时候，我特别想去的学校不提供住宿，而且因为专业性质，有很多实践机会，所以费用相比较一般的专业会高很多。所以，在备考的过程中，我会无数遍地担心：考上了，找房子很难怎么办？我又不习惯和别人合租，遇到不合适的室友怎么办？要拿出这么高昂的学费，我爸妈要顶住多大的压力啊！我不想被学费奴役啊！就这样，一旦想到这方面的问题，就翻来覆去地考虑，一层一层地拔高这个问题的难度，直到考试马上就要来临了，在背水一战中，全然忘了它。

再比如说租了房子，搬进去的第一二天，我一定要去找房东把半年或者一年的费用全都交上，唯一的担心就是万一她哪一天不租给我了怎么办，事实是房东还很惊诧地说："姑娘，这么着急干什么？等我哪天有空，我再联系你……"

在我的生活中，发生过无数次这种在别人看来完全不用担心，不用在意，而对我而言，却是一件需要用尽心力去面对的事情。可事实呢，在我来回、反复地担心了这么多之后，结果却每次都是给我开一个很大的玩笑。

开班会时每次都会有好几个学生不能到，老师也不会点人数，就是走个过场，没人追究谁到谁没到；我所担心的校外住宿和高额学费，也因为自己没有考上，完全不成问题了，同时，换个角度，一年以后再回望时，觉得那些钱对于我来说，其实是很小的一笔，根本不应该被纳入考虑的范围；房东明确地告诉我让我放心住，哪怕有人出更高的价钱，她也会为我留着，因为她有自己的原则，讲求先来后到。

我所担心的事情一件都没有发生，这已经不是个概率的问题，而是既定的事实，成百上千个担心最后没有一个出现，没有一个应验。

也就是这个庞大的数据基数，让我开始反思：我明知道担心不会成形，我为什么还会持续不断、"乐此不疲"地担心下去呢？我担心的到底是什么？

　　我想了很多的解释：我其实还是一个需要外界评价的人，所以我会担心不去开班会，会不会影响到老师对我的看法，影响到奖学金，影响到我的毕业；我其实并没有那么能够有专注力，所以我才会在备考的时候，一边想着租房和学费，借此来给自己找个喘口气的借口；我也并不能做到随遇而安，内心是非常渴求安稳的，所以才会在找到一处房子时，赶紧交下一年的定金，以防哪天被赶出后特别狼狈。

　　但是，我也深深地知道：这些外界评价，这些没有专注力，这些渴求安稳，都有同一个名字——没有安全感。我能做到不纠缠恋人，不黏腻，也能做到有自己独立的事业，很好地养活自己，也能够在一个人的时候，和自己平静相处，从这些看上去，我是一个安全感十足的人，安全到我自己都会觉得自己怎么可以这么强大，这么淡定，尤其还是在这么年轻的时候。

　　可自我感觉良好的背后都会有破绽，只是你暂时还没有注意到而已，就是这些活生生的、恼人的小细节出卖了我，我的伪装可以连我自己都迷惑住，可这些不经意间就会冒出的恐惧和担忧，却在沉默地告诉我：那一切的安全都是表象，你还在渴求依附，你还在依靠别人给予的东西而活。

　　我接受没有安全感的自己，但我不接受不知所以就为未发生的事情担心的自己。在雾里狂奔时最无力、最耗神，等你跑出来，也许前方依旧很辽远，但你会觉得有奔头，有未来。

在不体面的世界，体面地活

或许很少有人会对康德感兴趣，但他的那句"有两种事物，我们越思索它就越感到敬畏，那是天上的星空和心中的道德律"却被用得几近烂俗，烂俗的背后，其实是每个人内心的呼唤。

街上越来越多的人开着豪车，戴着名表，穿着名牌，每座大城市都堆满了具有非凡设计感的高楼，世界在变得看似越来越"体面"，越来越光鲜，但这一切都是表象。

真正的内容是金钱或者资本在起作用，本质上是在变得"邋遢""丑陋"，多数人眼睛里都是钞票，情感浓度变得稀薄，道德律被坦然无视，整个人都被物质包裹，内心却空洞无物，如同一个个"空心人"。

这本就是一个越来越不体面、越来越聒噪的时代。

　　可我偏爱那些身上具有某些对抗时代属性的人，比如——在当下仍然体面活着的人。

　　上海人经常讲"腔调"，大致也就等同于众人所说的"体面"，一腔一调都得有分寸，有拿捏，不是一盆子水随便往外泼。也因为这种属性的缺乏，在各种言情剧或者畅销小说中经常看到这样的主人公，尤其是女主人公。

　　张晓晗的《女王乔安》中的"乔安"是这样的形象，不管经历什么样的"不体面"，顽强地爬起来之后，依然骄傲地昂着头，不服输、不低头，不给皇冠掉的机会；王欣的《在不安的世界安静地活》中的林墨也是如此，在利益纷争的时尚圈和广告圈中，不同流合污，用头脑赚取足够的钱的同时，自己清醒得很，绝不像其他的销售一样见了有钱的主儿就当奴才，她是把对金钱的欲望咽下，举起酒杯，谈天说地，气定神闲地你来我往中，除了销售额还多了一些另外的东西。

　　不管是乔安还是林墨，都很体面，体面得能揪出每个女人的艳羡，但这体面的底子是"原则"，是除物质之外一定有更重要的东西的原则，是只身只有一物，也必须是它的原则，是举手投足间完胜于他人的原则。

对于娱乐圈里的人而言，"体面"是顶级的功课，比拍几部戏、拍几个大片要重要得多，往往它在关键的时候，最能够"出卖你"，娱乐圈中的某些人，每到离婚或者公布恋情，其嘴脸都赤裸裸地露出来了，看这些新闻，我从来不看谁对谁错，因为外人根本没有知道真相的可能，我只看"腔调"，看谁做得"体面"，看谁踩在别人的背上佯装自己很高大，看谁只是希望通知媒体而对当事的几方有所保留。

而在最日常的生活中呢，能否体面而有原则地处理问题，基本上等同于这个人的素养高低。

很少有人能扪心自问时肯定地回答"我是一个有原则的人"，有原则的人身上是有光的，他因为对某种东西的坚守而显得坚定而自律。

这个原则可以是在公司里，公司的利益要远远高于同事之间的你争我夺；可以是以收获能力重要于收获金钱来面对一切经历；甚至可以是陪伴家人的时间一点儿也不容侵犯。

总得有那么一点点自己必须坚守的东西，让它在你最无助、最落魄、最紧张的时候，成全你的体面。

所以，那些在爱情里、在工作上、在生活中，经常被人看不起，没有存在感，或者总觉得自己像无头苍蝇一样乱飞乱撞的人，先问问自己，有什么是你愿意抛弃所有也要坚守的，什么是你心中的法律。

能让我们学到东西的，都要过"检测"这一关

某姑娘给我写信，说她很爱读书，沉浸在书中的世界让她感觉美妙极了，有时会因为读书，而忘记吃饭，忘记睡觉。可让她纠结的是，她在大学所学的专业是会计，每天要看很多枯燥的专业知识点，她觉得这剥夺了她看其他书的时间。

我说："那你就课余时间去看嘛。"她回答："可是每当看到那些枯燥的知识点就越发地想要看课外书。"我又说："那你就尽情地看嘛。既然读了大学，学到多少专业知识也并不是太重要了。"她坚定地说："可是以后找工作要看 GPA 的啊，不能只是在不挂科的水平啊。"

嗯，她最后这句话，道出了她最本质的问题所在。她其实并没有那么爱读课外书，她享受的只是读课外书不用抱着什么目的性，没有什么压力而已。

专业书之所以让人觉得厌烦，除却本身有些枯燥之外，更多的是面对它时，人会产生压力。尤其我们中国孩子，从小到大，读专业书的目的就是考出高的分数，一点儿趣味性都没有。

我读书时，物理、化学特别差，我对它们一丁点儿兴趣都没有。前两年，有一次遇到一位非常有趣的化学专业的博士，他能够凭借手中的一点点素材，惹得在场的每个女孩子都为之尖叫，他告诉我这些小伎俩我在初中课本上都学过，我惊呆了，初中课本上有这么好玩的东西吗？

后来，我渐渐发现，在每个专业做得特别好的人，都会发现那个专业的趣味，比如做财经的，看似每天和数据打交道太没劲了，但是你看吴晓波，把财经问题说得像是一篇趣味性散文；比如做植物研究的，整天离不开分类、解剖、胚胎等等，看似好无聊、好理性，但是当我看到丹尼尔·查莫维茨写的《植物知道生命的答案》时，我都想跪下来求父母给我一次进理科班的机会。

我说这些的目的是想说如果你觉得一个专业无趣、枯燥，极有可能是你根本没有深入进去，也就别指望靠 GPA 找工作了。一方面，之前的年代是你专业学得好，成绩好，毕业后就能找到一份对口的工作，而在当代，找到对口的工作太难了。

另一方面，现在你看几本书都觉得它令人厌烦了，那你把它当工作，一辈子和它打交道，你会受得了吗？取得高 GPA 的意义何在，如果找到的是看一眼就头疼的工作呢？说白了就是：什么都没有，什么都想要，根本没有对专业的兴趣和能力，却想要一份水到渠成的工作。

　　人都有趋易性，都愿意做简单的事情，而很多时候，这个"简单"只是因为没有压力，没有考评，没有必须达成的目标。扪心自问一下，你是真喜欢读书吗？

　　我看未必，一个真正喜欢读书，吃饭、睡觉都一门心思要读书的人，不会去考虑 GPA 这类事情，不是觉得这事俗，而是视野、格局会不一样，看问题的角度，对未来的选择都会不同。

　　简单说来，这个姑娘喜欢读课外书，很大程度上是因为读课外书，不用像学专业课一样需要拿高分，需要用它来找工作。但是姑娘，如果你真觉得读课外书就读专业书容易，那真是大错特错了。如果你只想读着玩，陶冶性情，那么闲时翻两下，睡前读几页，都没有问题，怎么舒服怎么来就行。可是若你真想在书中读出那么一点儿东西，获得一些长进，那还真谈不上容易。

　　再以吴晓波为例吧。吴晓波读大学时，去复旦大学的图书馆，用最笨的读书方法，从第一排的第一本，一直读到了"阁楼"上，这个"阁楼"是只对研究生和博士生开放的。这种勤勉和自律尚且不易，更不要说这背后，他对自己要求的"构架自我认知系统"的压力。

　　认真的读书人，都是怀着某种标准在读书的，或者是给自己的知识构建一个系统，或者去弥补自己缺失的板块，或者是尝试阅读新的领域。内心一定是有要求的，甚至可以说是有目的的。

我读研究生时，每天看三张话剧碟片，大家都好羡慕我，有那么多的时间可以看来看去，可只有我自己知道：如果这些碟片，看过就在豆瓣上标记个"已看"，基本没有任何作用，如果你想要有所收获，就必须得一个一个地"解剖"，从每一幕、每一个场次、每个人物形象、每句台词入手，琢磨导演的意图，学习编剧技巧，来不得半点儿马虎，倘若偷一下懒，基本上就是白看了，白白浪费了两三个小时。

我不是呼吁大家读书都抱有目的性，无事闲翻书当然没问题，我只是想说如果读书已经成了你的一个重心，一定要给它加上一个"检测"标准。

人都容易犯懒，如果没有在前方设置一个终点，那基本上都会松松懈懈。这个理论适用于生活中的每件事情。很多事情看似都是没有标准的，属于"你高兴就好"的类型，但也就是在这些方面，容易见成败，有些人成功，未必就是在大事上多么竭尽全力，而是把这些边边角角，拾掇得非常妥帖。

在享受"无用之美"之后，再多想一下，能不能把这种美感变得有所实用，让自己得到真正的收获。

当然，它也可以成为一个检测你是否真正有兴趣的标准，问问自己，如果在这件事情上给了自己压力和目标，是否还欣欣然地去拥抱它，热爱它呢？

自由，是因为有不自由的存在

最近有很多姑娘给我写信，问我求职方面的问题，问题大同小异，围绕的基本核心点是在网申很多家企业时，都会有一些看似硬性的要求，比如班干部、GPA、奖学金、校园活动等。姑娘们有些不知所措：是应该为了找工作而去做自己不喜欢的事情吗？倘若一直做自己喜欢的事情，会不会以后就去不了想去的企业呢？

其中，有一个姑娘说：我的大学过得很充实呀，每天都是在做自己喜欢的事情，每天坚持跑五千米，读了近百本喜欢的书，考了自己想考的证书。她不知道的是她所认为的"充实"恰恰是原因所在。

国人有一种普遍性的"对抗"心态，一旦国家规定或者某个机构规定了某个东西，大家都会对其产生"敌意"，觉得它一定是不好的。比如说高考，高考是存在诸多的弊端，但也是在没有更好的选拔方式的前提下，能想到的最好的方式，可是民众呢，尤其是高考失利过的人，整天都在骂高考，批评整个的教育体制。姑娘们对待一些企业的硬性要求，和仇视高考的人是差不多的。因为它们伤害到了你的利益，尤其是你还不喜欢它们。

既然决定了要找工作，首先要思考的一个问题是：你能给企业带来什么？企业和个人就是雇佣关系，你给我生产，我付工资给你，这就是工作的本质，一切的出发点都来源于此。所以，企业在挑选自己的员工时，列出一些限制性的、硬性的条件是应该的，因为你是被挑选者，只能接受。

倘若你不想被限制，那就让自己成为挑选者，让你有资格去挑选企业，而不是被挑选。我见过很多大学毕业时，手中已经有好多个非常棒的 offer 的人，有企业愿意为他破格、为他提高年薪，有企业愿意为他解决户口问题，即便这个企业最初只接受有北京户口的人。他们也不是多么棒的人才，只是在某个专长上做得特别好，用这个"专长"就可以养活自己一辈子，在各个企业畅行无阻。

而显然，给我写信的姑娘们都没有这个专长，所以只能"被挑选"。姑娘们有没有想过那些人所谓的专长是怎么得来的呢？是仅仅凭借"喜欢"和"爱好"吗？事实上，很多人把"喜欢"和"爱好"说得太随便、太肤浅了，甚至让它成了"任性"的掩饰。

想要在某个方面做得特别棒，大致会有三个阶段：一是有一点点兴趣，愿意在上面多花点儿时间；二是越来越深入，发现这个"兴趣点"并没有刚看到时那样美好，它甚至无聊、无趣，在这个阶段，会有一轮筛选，那些觉得它无聊的人，也就放弃了，那些觉得还想要继续探究探究的，就闷着头，强迫自己继续走下去；第三个阶段就是柳暗花明的阶段，当你经过经年累月的摸索，终归会看到"别有洞天"的美景，达到一种高层次的"喜欢"和"热爱"。

可是，很多人，连第二个阶段都到达不了，有的只是一点点的"兴趣"，却把它当作了自己的"专业"。所以，当你说喜欢一件事情，当你说为做某事觉得充实时，记得思考一下：这是否是"名副其实"的，还是只是你的自由而为的假象而已。任何事情，如果走到第三步，或者是一直在第二阶段坚定地前行着，都会让你无论在生活选择，还是职业选择上，不会这么迷茫和不知所措，而是会让你格外坚定，因为你有底气，因为专业会造就人才，因为会让你随身自带生产力。

除判断自己是真正的喜欢和真正的充实之外，还必须明确的一点就是自由是因为不自由而存在的，如果你的世界里面只有自由，那很可能根本不是自由，而是他物。一个大学生，每天按照自己的喜好生活，可以理解，但绝不能全部都由着自己的性子来。能在喜欢的事情之外，还有压力、有目标，能做自己不喜欢做的事情，能很好地协调两者的平衡，才是一个成熟之人应该做的。

你喜欢读课外书，但也要尽可能地让自己的专业成绩名列前茅，如果只是漫无边际地胡乱翻书，很可能你只是眼睛扫过，而并没有入脑、入心；每天跑五千米，这是你自己的习惯，并不能直接为企业带来什么，不是具有生产性的内容；考了很多喜欢的证书，是真正学到了东西，还是只是上了几天辅导班，拿了个证而已，如果不是，那这些证书的类型是否和你现在所申请的企业性质一样，如果你考的证是旅游类的，现在你去找的工作是管理类的，也只能说你在考证上也是"蛮任性"的。证书并不是越多越好，而是越专业越好，漫天撒网不是本事，瓮中捉鳖才算有实力。

所谓的学生活动、奖学金、班干部之类，我不觉得是硬性条件，而是每个大学生都应该具备的东西，一项或者几项。没有参加过学生活动或当过班干部，也会在性格和人际关系、管理能力等方面存在缺失。如果一个自称大学过得很充实的优秀学生，连奖学金都没有拿过，那也真是可笑。

一天之中，你可以有几个小时的时间做自己喜欢的事情，但也必须有几个小时来做自己未必喜欢，但是有用的事情。无用并不高级，尤其对一个段位很低的人而言，对无用的执迷，就是对无所事事，对个人没有要求的执迷，反而是一种放任。先做有用的事，让自己活得有很多资本的时候，再活出无用的姿态来。

【和蓑依聊聊天2】

活得太累，也许是因为太悲观！

蓑依姐姐：

你好。

我感觉能说出心里话的人真的很少，现在这个社会越来越冷漠，人和人之间仿佛都架起了高高的壁垒，那么冷漠、疏离。有很多人和我说不要太相信别人，要确保自己的利益。我想笑又笑不出来，这个世界究竟怎么了？每每看到小朋友那天真无邪的笑脸，我都为现在的人感到悲哀，许多人都会用伪善的微笑来遮住那张已经逐渐扭曲的脸。我有一个朋友，她说世界的准则就是这样，你不变你就等着"死"……我不知道，我也搞不懂，姐姐，难道我们真的得学会拿虚伪的话语和谄媚的笑脸当作我们立足于社会的盾吗？难道我们真的不能活得简单点儿吗？

姐姐，我很喜欢华晨宇，很多人都笑他，觉得他很呆很傻。但是，我觉得他是我渴望的另外一种生活，他对待任何事物都很随意，简简单单地活在自己的世界里，不会有太多的想法，只追求自由地活着。

姐姐，我觉得自己好累，也许真的是经历的事情太少，所以心还不够成熟吧。我现在在一所大专院校里学艺术设计专业。大学对我来说是我这二十年来做过的最最想马上挣脱的噩梦。我在学习着自己并不喜欢的设计专业（当初是被调剂的），而这一切都是因为我高考失利，我很清楚地记得那一天，我在第一门语文考试中是如何三番五次地想跑出考场，是如何攥不住笔，是如何在面对还有大半的空白试卷，崩溃地抱住监考老师大哭的……我很清楚地记得我怎么与自己的目标错开……我的人生的前半段过得如此浑浑噩噩……

到了大学我很不适应，我其实是个挺自卑的女孩，也不讨喜……所以大学里人际关系一直很紧张，我在这所学校里没有一个朋友，也没有一个可以说话的人。我很敏感，有些时候很强迫症地去纠结一个细节，因为我认为从细节可以显现出很多的东西。

姐姐，我似乎有交往恐惧症，我发现我越来越不喜欢交朋友，也越来越孤僻，有时候我都要怀疑自己是不是有病。我和陌生人或不是很熟悉的人讲话都会脸红。我在大学发现了我最最不喜欢的一点，就是厌恶没有诚信的人。好比说我的朋友吧，我也不知道她是怎么修炼的，前一秒讲过的话，后一秒忘得一干二净。比如说我生日时，在饭馆的前一秒她说请客给我过生日，说什么最后一次陪我过生日了（因为我们大三就去实习），还说了一些比较煽情的话，我心里那时候挺感动的，可是等到付账的时候，她只把她一个人的钱给付了，然后我就傻眼了。我们走出饭馆到现在她也没有提过，好像没有发生这件事情一样。这样的事情有很多次，她前一秒把话说得很好听，后一秒当作什么事情都没有……其实，今天我也挺郁闷的，我们叫了外卖，然后我给她钱一起付，问那个送外卖的叔叔多少钱，结果我把钱给多了，我们当时都在旁边，她一声不吭地往钱包里塞找回来的零钱，然后又装作什么也没发生过……我已经几度无语了……

　　还有，另外一个人，我曾经的高中同学，她在上高中之前没有朋友，然后我和她成了朋友，因为她家里的事情很复杂，我很同情她，也会去帮助她，她很依赖我，什么都找我帮忙。我们高中文理分科，我在文科班，她在理科班，但我们还是一直维持着友谊，不过到了高二她的朋友渐渐地多了，和我也不怎么亲近了，她也是属于那种嘴巴很甜，又从来做不到的人。

到了大学，有一次我问我们的关系是不是淡了，她说是的。其实，我挺难受的，我是一个很念旧也很重情的人。虽然她这样，但我觉得每一个人都有缺点，要包容。在经过一段时间的沉淀后，我放下了这段友情，可她又忽然莫名其妙地找我，黏着我，还一连打几个电话，还说记得我的生日，还给我快递礼物，结果礼物到现在也没快递到，当然她那种人我也不指望……

姐姐，我是真的怕了人际交往，也是真的怕了交朋友，因为我害怕付出感情，害怕像个小丑……所以我一直都不敢尝试去谈恋爱……也没有真正喜欢上哪个男生……我害怕与人相处，同时也害怕孤独……我想要努力改变我的生活，却力不从心……我仿佛一只无头苍蝇，找不到出口……姐姐，我的人生是不是就这么算了，可是我不甘心，我想要给我爸爸妈妈一个好的生活，他们养大我不容易，至于爱情什么的，我从未有过期待……姐姐，我到底该怎么办？

【蓑依答复】

亲爱的 @ 小柒同学：

谢谢你信任我，同时，也希望你谢谢给我写这封信时的自己。或者说，我愿意谢谢在那个时刻勇敢的你，敢于把自己的想法说出来。我不确定我在下面说的话对你是否会有帮助，但是我确定你是一个非常应该得到别人帮助的人。不是你自身的品质有什么不好，而是你现在的状态很不好。我相信每个读完这封信的人都会和我一样有一种"通篇悲观"的感觉，但好的是我也从中隐隐地看出了你的光亮所在。

比如你喜欢孩子天真的笑脸，对单纯有一种执迷；比如你喜欢华晨宇的随意和简单，对自由自在有种向往；又比如你是一个很有诚信的人，且对朋友很大方，对友情也很负责，当然，还有你很孝顺，你对自己有要求……很多很多星星点点的光亮让我看到了一个具有美好特质的姑娘，但是，尽管如此，你的阴影还是太多，以致要把这些明亮的部分遮盖掉了。

姑娘，我想和你分享一下我的高考。我高考时报的是一个小语种的专业，因为我对语言很感兴趣，而且英语成绩也很好。当时，我们可以填报七个志愿，但是最终的结果却是这七个学校我都没能去，而是去了一个我根本没有报的学校，学了一个我也不太想学的专业——中文。虽然你可能会说你喜欢写作，学习中文很好啊，但是写作和读中文系是两个完全不同的概念，我对学习中文也没有多少兴趣。

和你很像吧，我们都是被调剂到了另一所学校，学了一个不想学的专业。但和你不同的是我从得知被中文专业录取后的第一天起，我就开始培养自己对中文的兴趣，想办法把"不喜欢"变成"喜欢"，因为我知道除此之外，没有别的办法。当然，你可以说去转专业，但是转到哪个专业呢，只有很少的人一进入大学就知道自己特别喜欢哪个专业，如果转到一个自己不喜欢的专业，结果不还是一样吗？

所以，你看出我们之间的不同了吧？我不允许自己抱怨，不允许自己不喜欢，虽然很残忍，但是就是从一点点的培养开始，我慢慢喜欢上了中文，以至于到现在才体会到：当初学习中文是一个多么好的选择，它对我的帮助开始慢慢显现了。

对于一个不是很清楚地知道自己非常喜欢什么或者非常擅长什么的人来说，做好上天安排给你的事情就好，等你把这件事情做好了，前方的路也就开始渐渐明晰了。不要想着一开始就能学习非常喜欢的专业，做自己非常喜欢的事情，都要有一个过程的。你看别人在做喜欢的事情，其实，背后的路程只有他们自己知道。

所以，静下心来，把自己的专业学好，除此之外，也没有更好的办法。我甚至想，如果你把很多的精力花费在你的学业上时，也许你就没有时间考虑其他的事情，对你来说真是好处多多。

不要再回头看了，不要评价自己人生的前半段太浑浑噩噩了，也不要重复地去回忆高考那一天的场景了，说实话，你高考时心态不好，可能和你的性格有很大的关系。也许高考那天的情况，是让你用来反思和发现自己的，你要想着这件事情到底折射出了你自身的什么问题，而不是让它成为你接下来不能好好生活的起点。

在上面两件事情的叙述中，也许你已经发现，你习惯往回看，习惯抱怨，而很少想要正视现实。虽然你对自己的不完美也觉得不满意，但是很少脚踏实地地去行动，从而改变自己的现状。所以，从现在开始，一点点行动，不怕晚，不怕慢，就怕意识不到，就怕心不踏实。

我把你给我的信息简单地分成了两部分：一是具体的生活事件，比如大学专业、高考以及和朋友的交往；二是你对人群的认知观念。也许，你觉得你写给我的信很没有系统性，想到哪里就说到哪里，但是我却从中读出了贯穿始终的"悲观"，即便我把你的信息分成了两部分，第一部分也不过是用来作为第二部分的底子的。关于这个部分，我不想说很多了，直接给你我的看法好了：

1. 不要接受别人强加给你的认知。别人说社会冷漠，别人说社会不公平，别人说社会很凶险，那都是"别人说"。在年轻可以试错的时候，不要相信"别人说"，只相信自己真正感受到和体会到的。而且，让别人干预你的生活，让别人影响你的心情，错不在别人，在你自己，因为是你的心对"别人"不加选择地做了接纳。

2. 在年轻的时候，活得粗糙一些，别太在乎细节。以前我认床，现在到哪里倒头就睡；以前只有在特别安静的地方才能写作，现在在火车上都能不停笔。个人觉得现在还不是在乎细节的时候，因为"细节"是在做排除法，而"粗糙"是在给自己做加法，给自己更宽广的生活。

3. 不善交际，有交往恐惧症，听起来很文艺，但是当你越来越深入社会，你就会发现这样的状态只会让自己越来越痛苦。与人交往是一种需要锻炼的能力，和考试、学车一样，需要慢慢练，不只是凭借对人群有好感就可以完成的。而且不试着与人交往，怎么发现更美好的人，活在更优秀的群体之中？

4. 如果你周围的人都很 low，都不怎么好，首先反思一下自己是否也有问题。什么样的人就会和什么样的人在一起，如果几个人都对你不怎么好，想想自己的问题出在哪里。我们不能决定别人的性格是怎样的，但我们可以左右别人对我们的态度。如果我们是一个足够强大的人，别人会很 low 地对我们吗？或者说，他们如果很 low 地对我们，我们可以很理直气壮地说一声："我很不 care 啊！"

5. 如果我们长期用一种眼光打量生活，那一定是有问题的。我们时不时地得换一种方式去观望生活。有时候可以悲观，但有时候就要乐观，而且当你真的以乐观的、学习的、反思的心态去看待生活时，生活也会以同样的品质反馈给你。

6. 女孩心思细腻是好事，但别太家长里短或者活在自己的小心思里。生活得大气一些，不要沉浸在自己的小情绪里面。有时候想得太多，只是因为自己太闲，这话真是有道理的。

姑娘，要足够努力，跳出现在的生活圈子，找到可以保护你本真的地方，你会活得很舒服。最后，我想说，我从不相信人与人之间的冷漠，人与人之间可能会有利益关系，但那绝不是情感的全部。

祝好。

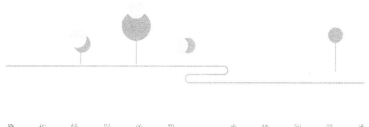

愿 你 特 别 凶 狠 ， 也 特 别 温 柔

第三章

对自己"狠"的人，才不会被生活淹没

不是因为工作稳定，而是你停止了成长

这些天回老家，基本每天都会听到亲戚家人忆苦思甜地说："社会变化真是太大，十几年前想都不会想到会成为现在这个样子。"奶奶今年七十岁，像年轻人一样用着洗衣机、冰箱和空调，谁能想到在她十几岁的时候，为了家人能吃饱饭，要一个人坐船，跨过黄河去乞讨。

我说这段话的目的和奶奶的忆苦思甜不同，而是它让我非常"切身"地触动。在奶奶那一辈里，社会变化已经足够快，而到了我们年轻人这一代，变化的频率只会更快，借助互联网领域的一句话就是：不创新，毋宁死。所谓的"创新"不单单指技术层面的创新，更多地应该包含生活态度和生活模式的变化、突破。

小勤大学毕业后，便去了广州的地税局工作，到现在已经三年了。现在她面临着换工作的选择，因为她的另一半在北京的军队服役，不能来她的城市，如果想要两个人一起生活，她必须辞职去北京。

她考虑来考虑去，突然觉得自己没有路可以走了。如果一旦从政府部门辞职，再找工作时就是大龄菜鸟了。为了增加工作的筹码，她开始考注册会计师，但两年过去了，也只考过了三门，如果今年再失败，就一点儿退路也没有了。

在我看来，小勤是一个非常想要"稳定感"的人，不管是她大学毕业时选择了公务员的工作，还是在谈恋爱时找了个军人，以及她想去北京和他一起生活，都在说明这一点。当然，没有谁希望和自己的爱人常年两地分居，在家庭和职业中偏向于稳定也没有什么不好，只不过，"稳定感"是会辐射的，她会把你的生活灌注得满满当当。

在很多人眼里，"稳定感"和"日复一日"是可以画等号的，也许她还没有意识到内心隐藏的这个"稳定"的需求导致了她现在的别无选择。

首先我们来讨论一个问题：做了三年公务员的人，就一定会是职场上的菜鸟吗？工作的本质不是你在从事哪个行业或者领域，而是你能力和素质的体现。你以为你是在工作，其实你是在培养自己的能力和素质，如果在这三年的时间内，你不断地学习，拓展多方面的技能，而不是日复一日地坐班，安安稳稳地好逸恶劳，也许现在的你，就有足够的勇气去做"北漂"的选择，勇气是建立在能力的基础上的，此刻的你没有勇气北漂，其实是在说你还没有足够的能力。

这三年的时间，你只是拿了三十六个月的工资而已，并没有得到真正的成长。我之所以如此坚定地评价，是因为她在如此的压力之下，两年的时间内也只考过了三门，一个每天积极向上，不断对自己提出要求的人，怎么可能会如此没有干劲儿？

之前网上有篇很火的帖子，大致讲的是一个人下班后，晚上八点到十点的时间是如何利用的，决定了这个人会走到哪种程度。作为一个不想特别成功的普通人，你可以不那么严苛地在这两个小时的时间内做有意义的事，但应该保持一个有效而积极的频率，保持学习的热情。这已经不仅仅是一个自我要求的事情了，而是社会会"逼迫"你这么做，你一旦长时间"安逸"，将来就真的会无路可走。

《煎饼侠》的导演大鹏说过两句让我印象非常深刻的话：一是现在各行各业做得好的，都不是非要有专业背景的。未来的社会当然会需要非常高精尖的人才，但那都是金字塔顶尖的一小部分人，我们普通大众，即使不能做到特别专，也要做到特别广，更何况，跨界的东西可能会对你的专业有更好的启发，更能促进你的专业。如果像小勤一样，害怕自己因为没有专业背景就不可能做好，那不是专业知识的问题，而是你很可能在你现在所谓的"专业"之内也做得并不好。

第二句话是当记者问他担不担心被别人超越时，他解释一通后，说的一句话"别人追赶我，也是需要时间的"，这句话也可以这么说"如果你不能变得更好，那么社会或者别人淘汰你，是不需要时间的"，你看三年，就足以让你觉得别无选择。

社会进步的标志之一就是提供了越来越多的可能性，人不用一生只待在一个地方，一辈子只做一种工作。这是好事，如果你在这个现状面前，感到无所适从，觉得疲惫，那么就要反思一下：你是否还在"老套"地，只是以另一种形式过着"老婆孩子热炕头"的生活？

一生都在进步，乐此不疲地探索和学习，到老依然发现欣喜，不应该才是理想的人生吗？

对自己"狠"的人，才不会被生活淹没

　　和已婚的朋友在一起，她们往往会"语重心长"地劝我说："千万不要太早结婚，你看，结婚后我们这些女人都成了一个模样了。"她们的确是发自肺腑，我也的确不想过那样的生活：一切重心围绕着工作、丈夫和孩子转，身材臃肿，面目可憎，整个人都写着"风霜"二字。

　　但是否会成为这副模样，和结婚没有多少联系，我身边也有三十五六岁的女人朝气蓬勃、性感到爆，有激情、有干劲儿。还是那句我无比坚信的话：活成什么样子，和任何人都无关，只和你自己有关，归根到底是你的选择。

　　每次我说起这句话，都会有女人来反驳我、质问我说："你

这太绝对了，你不能丢下孩子不管，你不能不照顾好丈夫啊，你还得把家打理好啊。"亲爱的，那些自己活得很好的已婚女人，人家的孩子也健康成长，丈夫也事业有成，家庭也很和睦。

人世间不存在"非此即彼"的道理，不是你自己过好了，其他方面就会一塌糊涂，世间最好的力量是平衡，是多方面的贯通，如果在"你"这里塌陷，在其他的地方也好不到哪里去。

那些没有被生活淹没的女人，不一定特别有钱，不一定嫁得很好，甚至不一定有好的工作，但在某一点上都一定是对自己狠的人，这个"狠"不是自残，不是让自己疲惫劳累，而是在心中永远有一根弦，无论任何时候，都不放松它，这根弦可能是身材，可能是韧劲儿，也可能只是无论什么场合都穿得得体。

英国凯特王妃生下小公主十个小时之后，就穿着连衣裙、高跟鞋，得体而大方地出现在公众的视野面前，这个消息传到中国后，无数的网友都操心不已：这个女人也太狠了吧？才十个小时，这样会落下病根的。

这些操心的背后的实质就如同在古代，女子在结婚之前不可能见到将要嫁的男人一样。凯特王妃当然可以选择不出现在公众面前，或者裹着厚些的大衣也未尝不可，但她没有，之所以坚持如何美貌地出现，也许就是因为这是她心中的"弦"——永远以最美的姿态出现。

不是只有王妃可以做到，在某知名节目中看到过一位选手，为了能参加节目，提早了生产。我当然不是推崇女人要这样做，而是说有些女人对自己的狠，真的让人惊讶的同时，多多少少也让人有些佩服，更不要说人家孩子健康，自己也恢复得很好了。

不说生产一事，单从王妃的角度来看，欧洲国家的元首夫人，都给我们提供了某种范例：西班牙王妃四十三岁的样子和法国第一夫人四十八岁的气质，要完胜多少三十岁出头的中国女性啊。我们可以不是一个国家的第一夫人，但是我们同为女人，要成为自己世界里的NO.1。观望一下自己，你是否有勇气说，你已经让自己觉得赏心悦目。

其实，不管是明星，还是生活中比较让人艳羡的女性，都一定是在私下里对自己"狠"的人，而在自己身上用力，往往是最有效的。我身边这样的朋友不胜枚举：就是普通的上班族，也要每天坚持化妆，一点儿也不含糊，该涂抹的一层不少；已经成为大神级的网络作家，每天雷打不动写三千字，一坚持就是三年；家庭主妇，为了保持自己的身材，每天坚持做瑜伽一个小时，即便身材已经快接近完美了……

有很多时候，当我们得到一个不甚满意的结果时，会悔根"为什么当初不再努力一点儿，再对自己狠一点儿呢"，而现在放

到整个人生里，你其实是不能悔恨的，不能说在此生积累了经
验到来生再应用。被日常生活淹没是非常可怕的，你需要有一
种力量，能够帮你在即便最无力、最灰暗的时刻，浮出水面，
喘口气，最好还能找到让你长久栖息的岸。

　　人的承受力是无穷的，也像是弹簧，你用力挤压，它会产
生一个又一个新的高度。你需要试一试，看看到底能创造出什
么样的高度，成为怎样的自己。

给人生设限，也就是给自己"设陷"

最近几年，我一直做的一件事情就是学着破除思维上的"墙"，通过阅读，通过写作，通过旅行，通过和各种职业、各种身份的人交流。

我在一座很闭塞的小城长大，那里的人们过着"世袭"的生活，和中国成百上千的小城市民一样，他们认为女孩子过了二十岁就应该开始准备结婚，他们也觉得那些有了"铁饭碗"的人很荣耀，有时认为读书是唯一的出路，有时又觉得读书没什么用，隔壁的暴发户一个字都不认识，也不妨碍人家在城里买了两套楼房。

按理说，在这样的环境中长大的我，要么变成"传统"的信奉者，多多少少得有些故步自封。要么变成"现代化"的叛逆者，觉得这些都是糟粕，应该一一推翻，事实是——我不属于任何一种。

我从来不认为自己是一个幸运的人，从小到大得到的一切都是辛苦付出的结果。如果说此生有一点点幸运的成分，那可能就是，在认知领域，我是一个在成年之前都是空白的人，用《红楼梦》里的一个词形容最贴切——"白茫茫一片"，完全是混沌和无知的。

怎么说呢？从小学到高中，我认真读书、全力备考，但我从来没有去思考过课本上的知识到底意味着什么。我只是识字、看字、用字答题而已，即便我在高二历史成绩获得全市第二名时，我凭借的也只是语感，而根本不是我对历史事件有多少理解，我也没有想过去理解。包括语文课本也是，什么中心思想、主旨大意，老师说什么我就理所当然地觉得是，不是真认同，而是根本不会去判断应不应该认同。

不但在读书上如此，在生活中也是这样。邻居说谁家的孩子争气，应该向他学习，我也只是听听，并不会多想什么，更不会去模仿。我有一位表哥，比我聪明且学习好很多，每年过年亲戚聚在一起，都会比较我们，我也乐颠颠地参与其中，对表哥大肆夸奖，多年之后，我妈提到这件事情时说"人家都说你脸皮厚呢，一个女孩子家也不觉得难堪"，说实话，身处其中的时候，我真没感觉到那是比较。当然，这一切都是回想，有时候想到未成年时候的自己，真是觉得她像极了樱桃小丸子或者机器猫之类的，想要摸摸她的头，对她说声：乖。

我之所以强调我在未成年之前的空白认知，是想说后来我所拥有的认知，基本都是我自己一点点建立的。

二十岁之后的五六年的时间，是我成长最快的几年，也是我认知系统从基本没有到差不多成体系的几年，主要的途径就是阅读和阅人，而中间阅读起了最重要的作用。大学中文系的条件，让我有机会和强迫自己阅读了很多经典文学作品，文学能让人学到的识人的能力是无数本心灵类或者哲学类、心理类书籍都比不上的。有了阅读的底子，再在此基础上去了解人、体会人就容易能很多。也就是因为我的认知系统基本上都是我自己一点点建立和修正的，所以很少能有不符合自己成长的限制。

破除思维的墙，也就是让自己尽可能开放、自由，按照理想的样子来生长。而很多人之所以始终生长在"墙"里面，是因为他的认知系统、价值观基本没有自己参与建立的成分，很大程度上，是社会和环境强加上去的。

　　一个姑娘二十六岁研究生毕业，没能立刻找到工作，她几乎咬牙切齿地问我："对于二十六岁的大龄青年，不知道这种前路迷茫的感觉你能否理解？"嗯，我不理解，因为我从来不觉得二十六岁是大龄，它难道不应该是人生非常美好非常美好的阶段吗？她想要我给她关于实习的建议，我回避了这个问题，只给她答复："如果你觉得二十六岁是大龄，在这种急不可耐的压力下去找任何工作，都一定不会有好结果。"

　　你在给自己设限的同时，也在给自己制造陷阱，浮躁的陷阱，沉不住气的陷阱，以为自己年龄大而想太多的陷阱。二十六岁，新的生活才刚刚开始啊，像二十岁的人一样去闯，去经历嘲笑和打击，像狗一样往前快速奔跑啊。只有你在此刻觉得宛若新生，而不是以社会标准来限制自己，才会有光明的未来，否则一步不合适，步步不合适。社会标准是面向总体的，是有缝隙的，你要给自己喘口气的机会。

　　另一个姑娘正面临离婚的困境，她所困惑的是如何才能在这种困难的境地中重新找回自己。也许婚恋专家会给她各种建议，但我在她的信中只读出了一句关键性的话"我的婚姻本就是因为年龄大而选择的归宿，失去他对我来说并没有多大的痛楚"。因为年龄大而选择婚姻的人太多，尤其是女性，这个给自我强加的限制，真是一个大大的陷阱，以为会是归宿，最后却变成了不幸的开始。

年龄大，就必须要结婚吗？这个问题在现实面前似乎不堪一击，但也存在被讨论的可能性：一是，年龄很大了依旧没有遇到理想的恋人，很大程度上是你在年龄不是很大的时候偷懒，别人约会恋爱时，你整日宅在家里看电影；别人为失恋痛哭流涕时，你没有男友一身轻松。爱情是需要缘分，但也需要有缘分的双方花力气去寻找，而不是一直憧憬哪天来个街头相遇就牵手一生了，没那么容易，爱情非但是个技术活儿，也是个体力活儿，你得做了好多准备才可以。二是，我很喜欢的一位作家尹珊珊，她在一年的时间内完成了博士毕业、和爱人相恋并结婚、怀孕这三件大事，有些事真没必要那么急，也许时机一到，所有的问题就都迎刃而解了。

所以不管是觉得年龄大了，工作不好找，还是觉得年龄大了，就要找个人凑合结婚，前者都是你给自己设的限制，后者都是你应得的陷阱，因果关系在这里。如果想要改变，就从拆除这些思维、认知上的限制开始吧。

这是个引子，一个人的限制思维是会影响到生活的方方面面的，不仅仅只是工作和婚姻，甚至你每一天的生活都在被它影响。可以从这样的练习开始，一方面减少社会评价对你的影响力；一方面通过各种途径建立独属于自己的认知和生活法则，有破有立，永远别觉得晚。

与他人比较，和与自己比较同样重要

有天洗完澡照镜子时，突然看到自己已经满身的赘肉了，虽然知道体重一直在增加，但没想到不到半年的时间，完全没有了身材，只剩下肉、肉、肉了。晚上躺在床上，即便心里很失落，可仍然没有一点儿减肥的欲望，这让我困惑不已：到底是有多么自暴自弃，才可能面对一堆肥肉时只是不高兴而不想着做改变呢？

我在心里罗列了许多项物质激励，比如减肥成功就给自己一次去国外度假的机会；减肥成功就奖励自己买几双喜欢得要命的高跟鞋；甚至"诅咒"自己减不了肥就考不上博士……但一点儿效果也没有，在减肥面前，没有一项让我动心，产生想要运动的愿望。我真心觉得减肥无望了，也为不能控制自己而怀疑人生。

几天之后，无聊时随意地翻微博，看到一张认识但不熟识的朋友在健身房挥汗如雨的照片，她在我的眼里，一直是微胖界的，可是这次一看，腹部一马平川，两条腿又细又长，甚至脸形都有些改变了，比之前小了一圈不止。

觉得不可思议的我，点进她的微博，一看就惊呆了，每天的微博都是她的运动打卡记录，一拉到底，竟然持续七个月了。我不知哪里来的"看热闹"的心态，想要查查她有没有一些天其实是没有打卡的，一天一天地看下去，竟然每个月都完完整整，甚至连生理期她都去了健身房。

到这里，我运动的斗志一下子被点燃了，什么都不用说了，什么都不用奖励我，恨不得晚上十一点也要穿上衣服出去跑几圈。继而又想到，她现在在某知名公关公司做主管，每天上班都很忙、很累，都能做到如此，我一个五分之四的自由职业者，每天闲得慌，有什么资本放任自己？

很多年里，我一直都是只跟自己比较，这让我度过了许多快乐时光。当其他的孩子都被迫进入"别人家的孩子"的骚扰中时，我妈妈却为我保留了一片安静的天地，告诉我"只要你的成绩比上一次有进步，你就是最棒的"，甚至考大学时，我也不在意别人去了什么名校，只要考出了自己正常的水平，什么样的学校我都接受，因为那是和我的分数相匹配的，他人分数的高低和我无关。

走上写作这条路时，也是如此，如果硬要拿自己的文章和别的作家比较，那估计我到现在一篇文章还写不出来呢，毕竟年龄、阅历、学识摆在那里，但如果只和自己比，那就有勇气多了，每写一篇文章，只要比上一篇文章有一丁点儿的进步就足够了，也就是这样"和自己比较着"，一篇篇地写成了一本书、两本书。

　　长久地"只和自己比较"的习惯，让我有些看不惯那些整日和别人比较的人。遇到女生在一起，比较谁胖谁瘦，谁的衣服、包包好看时，我都会敬而远之，不与之语；同事之间为了争一些东西，难免比较来比较去，我也从不参与，觉得无聊；过年过节时，亲戚朋友打探着每个年轻孩子的收入、男女朋友、公司福利，我都躲到一边，不允许自己涉足其中，倒不是自己各方面都很差，相反，在那些亲戚中还算是较好的，但就是不喜欢被放在一个标准上被来去比较，好像商品。

　　可越长大越发现，有些东西通过只和自己比较是无法完成的，也有些东西是即便可以通过比较来进步，但你却发现，很多时候，你根本无法激励自己。人生就是这么残忍，要么打鸡血式地一个人亭亭玉立，要么就和他人赛跑，通过胜利来看到自己，不管何种形式，都要追求一种叫作"价值"或"意义"的东西。

　　当我不能激励自己减肥的那一刻，我联想起了一连串的"自我激励无能"：考研和考博时，我都是一个人孤军奋战，偌大的自习室经常只有我一个人，每当过一段时间，浮躁、自我怀疑、后退就找上我，我用美好未来的想象来说服自己，一遍遍告诉自己"吃得苦中苦，方为人上人"，结果也只能是精神上一振，头脑手脚还是无力。后来，我通过各种途径，找到了一个和我考同一所大学、同一个系只是不同专业的同学，每间隔两三天就打一次电话交流学习情况。她比我刻苦很多，而且是抱着孤注一掷的心态，所以每次和她聊天，都能让我在接下来的学习中，充满斗志。或许有人会说，只是你的意志力不够而已，不要为自己找借口了，那么我只会两手一摊，说一声"等着瞧，你也会有这么一天"。

"比较"能达到自我不能到达的地方，能够对和他人对比的思维有合适的理解就非常重要。我一位做销售的朋友经常说的一句话是"别人都是我的镜子，我只用它来看到自己"，虽说这话听起来尴尬，但却也有些真意在里面：在和别人比较的过程中，我们更多关注的应该是自身，自身的弱点和劣势在哪里，而不是指着别人的一点点瑕疵不放，如果可以，最好也能帮助对方进步。

人是可以通过"人"来自我完善的，这中间包括两部分：一是自省，二是从他人身上学习，两者缺一不可，作用也等同，不存在谁优谁劣的问题，只是位置可能不一样，自省是基础，是内核，如果从他人身上感受到很多东西，却不能转化为自己的，"为我所用"，那没有什么效果。人的思维观念偏执的成分很多，总以为"和自己比较"更胜一筹，更优级，殊不知，有太多时候，你只能通过和"别人比较"来找到自己。

你说的每一句话，都在塑造你

我的好友琦琦曾经提出过一个概念——"人格魅力体"，大致的意思是说一个人应该有意识地在各种社交媒体上打造自己的个人品牌，让人想到你时就想到某个标志性的东西，打个不恰当的比方，比如想到"蓑依"就应该想到"正能量""治愈系"一类，目的是让人在网络大潮或者茫茫人海中更有效地记住你。

她是从一个外向的角度来论断"有魅力的言行是可以产生有魅力的效应的"，而我想要从内向的角度去说明——言行是可以塑造人的，而很多人并没有注意到这一点，大多数人都在滥用自己的言行。

最近几年来，我的网络生活被一分为二，很有分裂的意味，原因是我同时在用朋友圈和QQ，而这两类社交工具，带给我的是两个完全不同的世界。因为我是一个怕麻烦的人，基本上一个人如果有了QQ，就不会再加微信，除非联系非常紧密，这就造成了这两类人很少有交叉，也因为没有交叉，使得界限格外分明。

我的朋友圈简直就是"快乐的天堂"，大多数人都很积极、阳光，热爱生活，爱好广泛，有自己的精神世界，对生活中的小确幸感激不已；而我的QQ好友则几乎是"干涸的沙漠"，充斥着的几乎都是今天有点儿烦躁，对未来很迷茫，和朋友吵了一架或是各种"梦里花落知多少"的内心独白。

对于这种情况，我在两年前就发现了，之前会觉得是职业、学历或者是生活环境的差异造成的，也就没有当回事，可是两年之后的现在，有天我同时在看这两个社交工具的时候却发现：两年的时间使得另外一种因素浮出水面，甚至占了主导地位——那就是一个人的言行举止。

同样面对辞职这件事，有朋友的态度是人总归是在往前走的，怕什么，只要往前走就会走得越来越远；另一好友则说"同志们，求安慰啊！家里没米下锅了，谁肯收留我啊？"

同样是失恋，有的朋友是说"爱过就不后悔。愿各自都有更好的人生"之类，有的朋友则说"无论做什么，眼前都是你的影子，可是你再也不可能出现在我的面前了"。

甚至有一次，两个互不认识的朋友同时去了某著名景点，一个朋友发的消息是各种美图加上各种对景色的溢美之词，而另一个朋友的消息则是对天气的抱怨，对食物的厌恶以及对交通的不满，全篇看不到一点儿欢喜。

在社交媒体上自由地发表言论是每个人的权利，不管是高山流水还是下里巴人都是人家自己乐意的事情，同时，每个人面对同一件事情会有不同的心情、看法和观点，都再正常不过了。就是在尊重以上两点的基础上，我想提醒的是，虽然说话是你的权利，虽然你可以有不同的角度看事情，但你不能阻止"你所说的，你所做的都在塑造你"这一事实的发生。

两年的观察使我得出的结论是：同样是辞职的两个人，前者现在越走越好，后者依然选择了一份和辞职前相当的工作；同样是失恋，前者的消息中很少再有关于爱情的独白，更多的是关于生活、工作的状态，而后者的消息中基本全都是关于悲观爱情段落的摘抄，两年之后，你依旧感觉她在失恋。

说话是有惯性的，说话是可以塑造一个人的，同样，说话也是需要训练的，慎用自己的言行，也是爱自己的一种方式。生活中，没有谁会提醒你如何在点滴中给自己营养。很难想象每天都是发一些糟糕的心情语录的人，能够是个乐天派，但能够想象每天都在用积极的语言给自己心理暗示的人，过得不会太差。

我们都会有痛苦，都会有烦恼，都想找一个倾诉的地方，这没问题，但不要让这成为惯性，让你的每句话、每个动作中都传递出这种信息。不是不要消极情绪，而是如果你说得多了，本来没有那么痛苦的事情，只会变得更加不可忍耐。

网络场域无限大，每个人在空间内写上几千万的文字也不会有"内存"不够的问题，但即便在这种情形下，也请不要滥用网络空间，每天无病呻吟地发表言论，因为它对别人或许没有影响，它真正作用于的是你自己。

很多人抱怨网络时代人们已经不会思考了，但网络提供了很好的思考空间，你可以在说说、在朋友圈、在微博上用一百四十个字发表你对生活有见地的、有思考的感想，可以做摘抄，可以发现生活的美好，可放眼望去，又有多少人注意到这也是一种资源呢。

不是希望每个人都积极，都在各种媒体上发表各种"鸡汤"，而是说找到让你的言行可以营养你的"点"，以点带面，形成你自己的能量场，让它更好地作用于你的生活，塑造更好的你。最可怕的是本来你是一个很棒的人，但每天发些无聊的东西，久而久之，你真的就变成了一个很无聊的人。

你要对你说过的每句话负责，不是为别人，而只是因为它由你而来，而后会反作用于你。

初始设定，在很大程度上决定了你的走向

和我从小一起长大的妹妹，再过几天，就要开始她人生中的第一份工作了。工作还算不错，是一家有编制的事业单位。她去年名牌大学毕业，毕业时，考了她所学专业最好的高校的研究生，失利后，今年又考了一次，再次与之失之交臂，最后，选择了找工作、考公务员。

我去看她时，家里的气氛有些不和谐：父母尽其所能地表达高兴和满意，而妹妹却总是流露出不开心的样子。我刚开始有点儿不知所措，有了稳定的着落，毕竟是一件值得祝福的事情，可是，我却也知道妹妹并不是特别想要这种"铁饭碗"，她勤奋刻苦，有远大的抱负，不想要一直生活在一座小城中。

父母偶尔说话不慎，说了一句"你要好好和新同事相处，你这一辈子都要和他们打交道呢"，她会突然变得愤怒，反驳说："整天一辈子，一辈子的烦不烦？"谁想要一下子就能看过人

生呢？尤其对于这么年轻、有梦想的孩子而言。但最后，我还是很热情地表达了祝福，这次是出于真心了，也许是因为我到了相信"人的一生不可能完全按照自己的心意生活，无论你怎样努力"的阶段了。匍匐在一条太难实现的道路上，不如跟随着柳暗花明，寻一条新的道路。

人生走向"被安排"之后，我们能做的就是尽可能在这条路上也走出美丽的风景。在什么路上走，有时候，并不重要，重要的是你怎么走。于是，我听到了妹妹一句这样的抱怨"据说我们的工作很清闲，大把的时间会没事干，太无聊了"，她的这句话对于我的"杀伤力"，远远大于她突然要接受一份自己并不太喜欢的工作。

新的工作就是一个很重要的初始设定，在这个没有老师、没有考评的人生课堂上，你最初的设定是怎么样的，很大程度上决定了你整个的人生状态。如果你一开始，对新工作的预设和接受就是"无聊"，那以后的职场之路也不会有多大的起色，会和此刻你讨厌的那些无所事事的中年前辈一样，家长里短、端茶看报。

弟弟接到大学录取通知书时，我给他说了一句话："在开学之前，你必须想清楚你准备以什么样的态度来对待你的大学生活，我不要求你去设定大学要学哪些技能，得到什么奖项，态度比什么都重要。"

如果他预设大学就是用来拿本科文凭的，那这几年里，他肯定会无所事事，以考试及格为唯一目标；如果他设定大学就是用来交朋友的，那他可能学习成绩平平，会把大部分的时间用来和朋友聊天、喝酒；倘若他觉得大学可以为他以后找工作提供路径，那就会对各种实习机会充满期待。

中国有句古话是说"心诚则灵"，所谓的"诚"就是相信，如果你从最初就相信某种东西，那么以后就会不断地与之靠近，最终得以实现。

我当然不希望妹妹对即将开始的新工作有"无聊"的期待，这其实是一个很重要的转折，意味着我们在职业生活的意义上开始"成年"，是一个需要认真准备以待完成"新变"的点。

很多已经工作五六年的朋友向我抱怨："工作太没意思，日复一日地为那点儿工资而活着。"我通常会请他们想一下："你们第一年开始工作时，是什么样子的？"他们回忆良久之后，会告诉我说"也就和现在差不多"，是的，第一年你的工作状态和对工作与生活的认知，基本上决定了你未来很多年之后的样子。

如果可能，能不能在新工作开始的第一天，就开始培养自己的一个爱好，或者是跳舞，或者是去健身房运动，或者就是阅读，哪怕白天的工作确实百无聊赖，那晚饭后和早饭前的时光也会让你有不一样的状态，这样的好处有很多，比如不会让你整天在一种"无聊"的心情中，比如会让你保持一种学习的心劲儿以及一种不被生活淹没的习惯，比如未来某一天有了更好的机会，你也可以有底气去跳槽。

如果可以，能不能在工作之中保持一种"钻研"的习惯，哪怕没有别的爱好，就在朝九晚五的这几个小时中，比别人多学习一点点，别人在刷网页、聊天，你能否集中精力做些与专业有关的事情？

如果你最初的设定就是"人云亦云"，和别人付出同等分量的努力，那肯定不会出彩；而如果你一开始就想要"与众不同"，誓死不和家长里短的同事为伍，那你就应该在专业上多下点儿工夫，说不定，它会带给你一份不错的副业。

不仅仅是在职场开始时的心态准备很重要，就拿我自己的写作来说也是一样。小到写作一篇文章，你写下的第一句话，基本上就已经决定了你这篇文章的风格，大到一个作家作品的出版，第一本书的上市基本已经决定你在未来的十几年内会以什么样的定位来呈现。这是一个作家在写作之初都要想好的，读者或许会觉得一切都是自然而然的，但其实，都是作者思考良久后做出的选择。

和很多其他的工作一样，当你看到那些履历非常优秀或者成绩非常诱人的职员时，也许你会觉得他们只是在工作中一点点地"爬"，一点点地上进而已，但根据我的观察，他们在工作一开始，就是非常有野心，目标也极其清晰的一批人。也就是说，职场上是有一条隐形的"起跑线"的，你不仅要看到它，而且要体会到它对你来说，真正意味着什么。

工作只是桥梁，你应该由它看到更广阔的世界

最近，在为新书推广谈一些合作，异常顺利，发出合作意向之后，有六家公司第一时间拿出了详细的合作方案，我也趁热打铁，快速地谈定三家，便早早地终止了这一事项，总体用时，不超过两小时。

这让我不禁和第一本书出版时的情况做了一下对比。第一本书出版时，只有一家公司合作，我还担心人家会反悔，每天提心吊胆地"追踪"，在各个方面的协调中，受尽委屈。造成两次境遇迥异的原因，只有我最清楚，那就是在这一年的时间内，我对工作的认知发生了实质性的变化。认知的变化，最终会带来结果的悬殊。

有一种职业叫作"公关"，但其实，只要你是职场人，都

必须具备"公关"的素质。众人对"公关"这个词语，有一定的理解误差，以为是在酒桌上谈生意，或者唱 K 联络感情，用尽各种心计，钩心斗角地蝇营狗苟。至少，在我接触的公关人中，没有一个是这样的。任何职业都必须具备专业性，真正意义上的，大公司里面的公关一定是精英人士，有创意、头脑活络、视野广，同时还得有足够的逻辑意识、服务意识。

说这些，就是想说：一切的工作，都必须具备"公关"的属性。如果你只是把工作当作工作，而没有把它的外延打开，那基本上就是一个在职场上不会有希望、不会成长的人。工作只是一个桥梁，它本身的内涵有限，真正起作用的恰恰是它的外延。

和企业合作，本不是我的本职工作，甚至和我的工作完全无关，但是因为工作的关系，偶尔接触到了这样一批人，我愿意付出时间和精力和他们相处，了解他们的行业，迫切需要他们为我打开一个个新的视野，让我看到不同领域的风景，抱着这种心态相处之后，等到某一天，当你想要和他们合作时，一切都水到渠成，且自己拥有了无数的可能性，不会再迷茫。因为你的世界大了、敞亮了，不再是一个人作茧自缚。

工作只是开始，绝不是成长的终止，所以，我从不赞成"工作"有稳定和非稳定之分。一个在职场上对自己有要求的人，不会允许自己"稳定"。一个姑娘对我说了她现在的处境，本来是很想要成为公司的培训讲师的，可是现在突然公司政策变动，不打算培养讲师，需要培养省级经理，以后都将重点放在省级经理上，她并不打算一辈子都做这个行业，但是说转行，她也不知道还能做什么工作，如果有了目标，那么现在开始调整，学习新的行业、新的工作需要的技能也行。可是没有，很迷茫。

这位姑娘的矛盾点在于：现有的工作已经不能让她有持久的兴趣，如若转行，却没有个此刻可以看得到的目标。我相信这是很多职场人都会遇到的问题，大家也许会从行业属性、个人兴趣等方面反思产生这种结果的原因，但在我看来，根本原因出在你对工作的认识，没有用"公关"的姿态来认知工作的外延，所以即便你换了无数种工作，最后的结果都会是一样不尽如人意。

一个有公关意识的职场人，会怎样做呢？无论你是何种职业，都一定是和人打交道的，而每个人都带有一种职业信息，你要像每天呼吸新鲜空气一样，吸收这些有用的、对你来说新鲜的东西。比如你是一个做化妆品行业的职员，在你的工作中，你肯定会结识到电商，那你就去了解电商这个行业，和这个行业的人做朋友，较为深入地了解更多的信息；你会接触一切广告行业人员，也可以借由他们了解广告行业的东西；还会接触一切新媒体行业人员，可以通过他们，再了解这一个行业……

　　把工作的桥梁作用，发挥到这个点的时候，你就会发现，你顺便就能找到自己较为喜欢和感兴趣的工作，也会很理智地告诉自己有哪些工作其实完全不适合自己。在这个日常累积的基础上，如果你想要跳槽，那就不会有迷茫了，而是有一个可供自己挑选的范围，而且也会有该行业的朋友为你指路；倘若你不想跳槽，那了解这些信息之后的你，思路一定会更加开阔，对你的本职行业也会有非常大的提升。

　　我的朋友圈里有两位二十几岁的女性朋友让我格外佩服，她们在这一点上做得非常好。一个是做极路由的，她通过自己工作的辐射，和几位大牌明星有了长期合作的关系，不仅仅是娱乐圈，连作家圈、媒体圈、餐饮行业都混得非常熟，有时我们需要"跨界"帮助，还得去问问她认不认识谁谁谁。之前她做了一次线上新品发布会，各个行业的人员聚在一起，让人暗自惊呼：一个小个子的女生，怎么会有如此巨大的能量？她工作四年，已经有不下十家公司来挖她，并且都是不同行业的。

　　还有一位姑娘是做护肤科技研发的。我们的第一次见面是因为在共同朋友的一次聚餐中，我以为和她会没有什么话题可聊，没想到最后聊到怎么也停不下来。一个工科女生，一个做护肤科技研发的女生，竟然认识无数位知名作家，且和几位是闺密级别。

她没有私人关系背景，就是在工作中，一点点累积，一点点合作，慢慢地走到了现在。而且她对出版行业有很深的认识，前几天，她给我发信息说了一些她的看法，都是关于这个行业的漏洞的，然后问了我一句："你有没有创业的打算？"我赶紧说"我胆子小"。其实，如果她跨界创业，我对她还是有信心的。

都是很普通的二十五六岁的小姑娘，都是背井离乡、在外打拼无背景的职场人，她所收获的一切都是因为她并不把工作只是当作工作，而是通过它来完成对自己的建立，无论是职场生活，还是视野的拓展。而大多数的职场人呢，都是类似当一天和尚敲一天钟的状态，只要把自己手头的工作做完，就已经阿弥陀佛了。

这是一个情商当道的时代，智商大家都差不多，情商确实千差万别。但其实，说起来，情商也并不神秘，都是以比别人多做一点点，比别人多想一点点为底子的。工作是我们生活中不可缺少的一部分，既然必须要面对它，为何不想尽办法把它当作成长的、快乐的一部分呢？读书会增加生命的厚度，旅行会增长见识，但其实，日常点点滴滴的工作也是增加生命厚度的一种方式，只不过，很少有人友善地对待它而已，往往都只是认为它是养家糊口、借以生存的工具，隐隐地有一种"敌对"的情绪。

有毅力的人，都不会被辜负

当年考研时，我以一分之差没能考入北大中文系，而我的高中兼大学同学晓晨，同年也以一分之差没能考入北大法律系。考研成绩出来之后接着是考研调剂，她被调剂到了山东某政法类高校。

得到录取通知的那天，我们一起吃了顿饭，她上来的第一句话是："亲爱的，你再陪我考一年吧。"我瞪了瞪眼睛，淡淡地说："这都考了两年了，还是没考上，就说明无缘嘛。我是坚决不会再考了。"然后讲了一通如何面对现实的道理，试图说服她不要再冒险了。

那顿饭结束时，她也很平静地告诉我说她会去读那所普通高校，在那里好好读书，争取读博士时能去个好学校。

一年后的一天，我无聊刷网页时，突然看到了她晒的北大法律系硕博连读的录取通知书，我当时的震惊程度基本上等同于歇斯底里了。一方面是为她高兴，是真的高兴，因为深知她的艰难；另一方面却对自己很不满，倒不是责怪自己没有继续，因为专业不同，考试模式不同，根本没法比较，而是我瞬间就回想了我的这一年里做了些什么，当人家在深夜苦读、奋笔疾书时，我有了哪些收获，有没有在做着规划，而得到的答案是：很多时候，我都在无所事事。

我把她的故事讲给另一位好友听，对方有些不屑地说："现在人家成功了说人家是英雄，如果她这次再失败了，估计大家都会嘲笑她吧。"我义正词严地反驳了他——不管她成功还是失败，她都是我见过的最有毅力的人，也因为她的毅力，我相信即便她考研考不上名校，考博时也一定能去非常棒的大学，有时，你甚至会感叹怎么会有如此毅力惊人的女孩子。

她的底子并不是很好，或者说她并不天资聪慧。高考考了两年，才去了我所在大学的三本专业，学的是汉语言文学专业，努力学了三年，依然入不了门，对文学完全无感，于是，考研时，毅然跨专业去考了法律。

于是，三百多天的时间内几乎每天都是第一个到自习室，最后一个离开自习室，因为要背大量的法律条文，拿个水杯，在教室外的走廊上一读就是一上午或者一下午，第一年考研，差几分未能考上。果断地选择了第二年继续，依旧从早到晚，几乎看不到有半天她没有去自习室，我很多次看到她的书，几乎都已经翻烂了，我甚至还建议她去买本新的。考试的那几天，我们两个住在宾馆的同一个房间，她晚上一两点睡觉，早上四五点起床继续背书，怕打扰我，就去卫生间里坐在洗漱台上默背，我劝她要休息好，她说有足够的精力来应付考试。我不知道第三年，她在农村的家里是如何备考的，没有了学习的氛围，顶着背水一战的压力，估计只能更拼吧。

也许每个人身边都会有这样的被称为"考试疯子"也好，考霸也好的人，但未必他们都有如她一般的毅力，虽然之前的结果总有些不尽如人意，但她准备的过程真的做到了最拼，是vn 那种没有任何遗憾的拼。

也不仅仅是考试，她从小到大一直属于微胖界，可到了大学，她愣是用一年的时间减去了二十几斤。她减肥的那一年，我和她一起吃过一次饭，之所以强调是一次，是因为自从那次之后，我再也不想和她一起吃饭了。晚饭时，我按照正常的饭量去点，而她只点了一个包子，并且告诉我她晚上一点儿也不会饿，淡定地看着我把眼前的美食一一吃掉。

　　我那个朋友还说了一句话："世上不是任何事情都可以通过毅力完成的，就算她北大博士毕业了，又能怎样？"我承认世上很多事情的确不是可以靠毅力完成的，但有毅力的人拥有惊人的能力，在任何自己想做的事情上，都会做得非常好，且会过得很幸福。

　　不消去说找到自己愿意用毅力去坚持的事情已经是一种能力了，更何况，毅力的本质是良好的自我管理和控制能力，是人生由我掌握的自信，是普通人走向成功和优秀的不二法门。

　　在我二十五岁生日时，我给自己定的一个关键词就是"勤奋"，勤奋的底子其实还是毅力。我甚至会大言不惭地说：所有人都可以通过毅力达到自己想要的成功和幸福。

　　前不久，我在微博上转了一篇名为《容貌可以通过健身来改变吗？》的帖子，是很多普通人把自己的健身经历发布在知乎上的集锦，看得我很羞愧。你想啊，容貌似乎是天生的资本，都可以通过后天的勤奋而有毅力的锻炼实现改变，那还有什么是不能改变的吗？我们眼下的生活，难道不会有更好的可能吗？

　　我所认识的一个微博大V，五年来每天坚持发至少一篇自己的原创微博，不管是在开会、出差，或者面对家人的生老病死，从未有过间断，或许有人会觉得这很容易，那么你坚持一年试试，五年的坚持一定有超出常人的毅力。

　　某个小有名气的编剧，这么多年来，每天早上起来的第一件事就是看一部电影，每周至少看五部，休闲娱乐时看电影很好玩，可是把这个习惯延续十几年，是习惯，但习惯的背后，一定也有坚持，毕竟让你每天都吃一种菜，它再好吃，你也会吐的。

　　很多时候，我都会觉得坚持、勤奋和有毅力地生活都自带一种偏执也好，天生傲娇也好的美感，也许它们本身也是一种专业度的体现吧，而一个东西一旦专业，就特别容易吸引人。

　　我不是狂爱村上春树的小说，但是我爱死这个老头儿了，每天规律地写作，规律地跑步，直到把这种气息都自然流露在了他的文字之中，有一种清洁的美感。一个人之所以与一群人不同，大概也就来源于内心对某种东西的有毅力地捍卫和保持吧。

　　反正，我是坚信有毅力地做某件事情，就一定会幸福的。一点儿怀疑也没有。

心若比天高，境遇可能会比纸薄

　　某天，看到一条朋友写的微博说他的大学同学当年高考时可以保送人大，但是她偏要自己去考北大，没考上，变成他的同学，她大学毕业后可以去北京某报，就是不去，坚持考研，考了三次终于上了北大，而且是全国只招两个人的专业。研究生毕业后，她还是去了那个北京某报，不巧的是这个报纸被"降级"，由之前的国家级降为省级。

　　我看到这条微博的感受是不胜唏嘘，感叹命运多舛，同时也看到很多网友在下面评论说："也许人家看到了更美的风景了呢？"在几年前，或许我还是挺支持众网友的意见，觉得人生就是一场经历，经历无好坏，重在过程。

　　但现在，我无法用这个理由说服自己了，人生质量是有优劣之分的，如果可以，我期待大家都能过"岁月静好"的生活，把自己折腾来折腾去，个中滋味也并不怎么值得感受吧。

巧的是过了几天，有一个和上面那位姑娘差不多情况的人给我写信。她对自己的现状百思不得其解，用她自己的话来说就是"我现在迷茫纠结到一定火候了，觉得那根紧绷的弦离崩断不远了"。说实话，看完她的倾诉之后，如果她是我身边的一位好友，我一定脱口而出："你就作吧，心比天高，就活该有这样的境遇。"人其实是很难对自己有正确且恰当的认知的，比如这位姑娘，如果她认识到自己所有的问题基本上都可以归结到以"心比天高"为源头的"作"，改变自己就变成了相对简单的事情。

我在笔记本上罗列了她的目标，她所面对的问题以及她所想到的解决方法，一边罗列，一边心疼，她让我感觉如同一个在沙漠里寻找水源的路人，马上都要渴死了，还在胡乱地耗费自己的精力，使劲儿地折磨自己，所以，我并不认为在"作"的路上狂奔的当事人会觉得路边的风景很美。

她的目标是不想靠别人，要做一个独立的女生，用双手获得自己想要的一切。我帮她提炼出的，也许她根本感觉不到的问题大约有五项：

一是她是一个日语专业的大专生，但是日语和英语并不很好，只是能够简单交际而已，可她仍然觉得这是优势，是能够给自己安全感的能力；

二是三年内换了五份工作，无论何种理由，最短的三个月，最长的一年；

三是认为现在的公司是新成立的，各方面都还很不完备，且老板是个暴发户，好多东西不懂；

四是底薪就有六千块，可觉得一点儿都不快乐；

五是朋友评价她应该去做销售，因为她能说会道，擅长和人打交道，可这位姑娘写给我的信，我读了五遍才读通里面的逻辑，才大概知道她的意思，她真的确定自己很擅长交际吗？

而她想到的解决方法是：去日本，到地道的语言环境里提升一下自己的语言能力；或者去新加坡，自己有点儿英文基础，工资高，怎么样都比在北京的夹缝中生存强；或者回家创业，有朋友回家养鸡，两三年就很富有了；或者去国外朋友那里休假几天，放松一下自己的身心。

当我全部罗列出来的时候，肯定很多人会觉得哭笑不得，甚至她自己都觉得荒唐吧，但是我也深知在这个局面里的人，真的是一丝缝隙都看不到的，我们都有这样的体验，当我们钻"牛角尖"的时候，不管怎么"钻"，都是丑态百出的。这是人的局限，我能体会到这个姑娘的手足无措。

这个姑娘还有很特殊的一点，她在发给我的邮件里增添了几个附件，是她和同事闹不愉快的对话，其实我在看这些对话之前，就想到了会有怎样的问题：姑娘一定觉得自己委屈极了，自己是被冒犯了，读完之后，更确信了这一点，在字里行间，她都透露出一种"站在高位"的姿态。这种姿态其实挺可怕的，它会让整个人特别拧巴，言谈举止中都对他人产生侵犯，怎么都觉得自己做得很合适。

姑娘问我该怎么办呢，其实，我最想给她的建议是我曾经说过无数次的话"迷茫就是才华配不上梦想"，姑娘是有梦想的，只不过她没有说出来而已，而她的才华与之不匹配，只能左一下右一下地"旁敲侧击"。

但在这些之前，我想告诉她的是：姑娘，你的心气儿太高了。心气儿高没什么，只要和自己的能力相匹配就行，奥巴马如果没有心气儿，估计现在也当不上美国总统。可心气儿一旦与自己的能力不匹配，你的整个人生都是错位的，最直接的表现就是"作"。

你也拿出一张纸，罗列一下自己的能力，我相信你列不出几个。如果你想要靠专业吃饭，那就把日语说得地地道道，而不是只能简单交际，就想着以此为安全感的来源，我一个朋友曾经想为了提高自己的英语水平而准备报考澳门大学的博士，可到了澳门，他才知道这有多么不现实。

工作三年了，朋友都建议你去做销售，那为什么不试试呢，都换了五份工作了，为什么没想到做销售呢？

老板是暴发户，可你见过哪个暴发户是没有脑子，满地捡钱的？公司新成立，能给你开六千的底薪，你所应该做的就是陪着公司一起成长啊，或者你真有本事，就去一家成熟的公司，选择两千块的底薪，从头做起呀。

这些都是心气儿高的体现，如果你把自己的心气儿降低几个档次，再看面前的现实，一定会踏实很多。

　　心气儿高最极致的体现是认为每个有能力的人都应该过富足且快乐的生活，但这是个伪命题，有没有能力抛开不说，生活的真相是：没有多少人能够既快乐又富足地生活，每个人都试图在两者之间寻找平衡，但很少有人找得到。以上班族为例，调查一下就会发现：并没有多少人在做着自己想做的工作，甚至大多数人都已经到了"工作只是为了养家糊口"的地步。

　　也许，你期待的是我告诉你人一定要去过自己想要的生活，找到自己的方向，努力向前，但这只是寡淡的清汤，对生活无益。很少有人能够过自己想要的生活，大多数人也都糊涂地生活着，一生都找不到方向，可那又怎么样呢？

　　踏踏实实地把眼前的工作做好，不折腾不作，承认自己的能力并不多么强，接纳不完美也不很优秀的自己，把"不喜欢"看作常态，不和它斗争，而是和平相处，在这个地基上，建立自己的生活，比什么都有效。

　　那么我最终的建议你也知道了吧，如果心气儿继续高着，那么就接受很可能比纸薄的境遇；如果接受了自己只是一个平平常常、普普通通的人，那么拿着六千块的工资，买漂亮衣服，给自己做好吃的饭，和喜欢的男人谈恋爱，偶尔国内游一下。

　　对了，再多说一句，和男人谈恋爱不低级，也并不影响你成为一个独立的人。

【和蓑依聊聊天 3】

我真的真的真的讨厌现在的样子！

蓑依姐姐：

我是一名大三的学生，我分析了一下自己目前面临的问题，是关于学习上和友情方面的。

先说说学习上。其实，前两年我不喜欢自己的专业——服装设计，那个时候总觉得自己与时尚、设计这些词语太格格不入了：画画功底一般，个人审美也一般，作业什么的都不够出色，成绩平平。我觉得自己只是混个文凭，再浑浑噩噩地度过这四年。

可是眼看着大学过了一半，我突然着急起来，我不想以后回想起自己的大学是什么也没干，什么收获也没有，我不想变成自己讨厌的样子。于是我给自己列了很多计划，立志一定要改头换面，可又只是头脑一热，我就是讨厌自己，为什么不能坚持，为什么狠不下心来，为什么就没有动力？

偶然听到姐姐你的文章《你是这样成为普通人的》，我就有种好苍凉的感觉，那些话好像在我的脸上抽了几巴掌。我一遍又一遍，一遍又一遍地读这篇文章，我总是在给自己找各种借口：等星期天我就做题背单词，等放假了我就把这些书都看完，等我有空了我就学这个软件，结果是买的书只翻了几页，买的题没做，单词没背，回家了只是玩、睡、看电视。

另一个问题就是人际交往方面。我很大的烦恼就是刚入大学结交的第一个女孩子，因为是我在这座陌生的城市认识的第一个人，所以刚开始我们很好，我是个特别容易对人掏心掏肺的人。她说："我们是亲人的关系，我很珍惜你。"我就特别开心自己这么幸运遇见的是彼此相亲相爱的好朋友。可是后来我就渐渐不跟她说心里话了，因为总觉得不踏实。我不喜欢她了，觉得她是在骗我。

她动不动就突然生气，自己走得特别快，丝毫不管在后面的我；她明明没喝醉，却装着自己醉，又哭又说话又乱打电话，第二天别人问她怎么了，她还装作不知道；她会突然指责我说她装无辜怎么了，可是我只是不想说话，不想跟她说太多，我觉得把自己暴露给她我心里不踏实；她总给我发各种我很重要之类的信息，后来我知道她给每个人都发过。

这些都是小事，现在她总是满嘴谎言，我不在的时候拿我的钱还推给别人，自己说过的话不承认，她出去我问她去哪儿也要编瞎话，反正各种瞎话让我真的讨厌这个人。

可是，我们是一个寝室的，接下来还有两年，我怎么纠结难受也不想要到撕破脸的程度，况且她对我也很好。她在学生会帮我争取奖学金、助学金的名额，我生病她也关心我，她也为我费了很多心的。所以，我不知道该怎么办了。

我不知道这个朋友我到底要不要，偏偏我又是个特别容易被影响的人，她总是影响着我，对她冷淡躲着她，时间久了，我觉得自己很无情，毕竟她也为我好过，可是每次她说瞎话的时候我就特别寒心，她对自己说过的话都不承认，又没多大事，就死活说不是她说的，我也就不争执了，没什么意思。

我只是想变成自己喜欢的模样，有个真诚的朋友。

【蓑依答复】

亲爱的姑娘：

当我第一眼看到这封躺在邮箱里的、长长的信时，我就告诉自己，这是一个非常感性和情绪化的女生。果不其然，看完你的讲述，我坚定了这种感觉。现在这些文字是我删减过的，你看，还剩这么多呢。而你的问题，本来可以用很少的文字就可以说明白的。所以，从你讲述故事的方式上也可以看出，你现在觉得对自己讨厌的原因所在，虽然和环境、他人有些关系，但与你本身的特质也有很大关联。

首先，你在学习上面临的问题就是"想要改变，但自己却做不到"。你问我有什么办法，你也读过我的《你是这样成为普通人的》，我想这篇文章已经把我想对你说的话，都说清楚了。但我不确定你是否真正读懂了这篇文章，我再唠叨一遍，分三个角度分解你的问题：

1. 你有计划，也想要改变，但不能很好地行动的根本原因在于你改变自我的欲望不强烈。而这种"欲望不强烈"的原因在于你根本不知道自己想要什么，你不知道自己该往哪个方向努力。

你不喜欢现在的专业，但你不知道自己喜欢什么。你说要背单词、学软件，它们说白了，只是你打发无聊时间或者是安慰自我的一种工具，你学单词只是为了期末考试、过四六级，那当然没有动力了，但如果是为了出国进修，或者成为新东方的老师，就绝对不会像现在这样没有动力的。你学习软件，是为了什么呢？只是为了通过考试，还是真的想要做一个精通软件的人，这两者之间的差别可大着呢。看似你很有努力的方向，但实质上你的大方向并不明确，所以想做点儿这个，做点儿那个，努力了几天，发现都不是自己想要的，就继续不下去了。

对于你这种情况的人，我特别建议你有个功利性的目标。别对我说"我不想这么功利和世俗"，你现在还做不到为了一个纯粹的学习目的而夜以继日地努力，所以做些功利事最实在。比如你学英语，就是为了将来找份做英语老师的高薪工作；比如学软件，就是想要进入好的设计公司工作；比如写作，就是为了挣钱。经历过这些为了物质条件而努力的阶段，再来谈那些形而上的精神层面的东西。

2. 知道了自己想做什么，确定了目标之后，就一点点、一天天地做。之所以有时候会坚持不下去，是因为存有"一口吃成个胖子"的想法。一旦付出的努力，没有马上得到收获或反馈，就不能继续做下去了。但其实，你要知道，你现在看到的所谓的"名人"，背后都做了无数的努力，也做了很多无用的事情。"台上一分钟，台下十年功"，这话一点儿都没错。做好长期努力的心里铺垫，这很重要。

也不要犹豫说："这样坚持下去，到底会不会有收获？"我可以通过我个人的经历和我认识的朋友的经历告诉你，绝对会有收获，前提是你确实在这条路上流过泪水和汗水。一直犹犹豫豫，一点儿收获都不会有。坚持下去，你的行动能力和认知世界的能力都会增强，你会拥有一个更好的视野和平台，你想要没有收获都不可能。

3. 对于具体行动中的"拖延症"问题，我想跟你分享我的经历。我之前也是有些懒惰的，所有的事情都想在最后才做，但这样的习惯让我的生活质量很差。比如，我有一次去另一座城市看望朋友，只是因为有一个本来几天之前就该交的文件没有交，只能提前赶回来，本来可以在那边玩五天的，结果只玩了三天就被叫了回来；比如，我脑中有三篇文章的构思，我第一篇拖拖拖，那我三篇就会全都拖拖拖，以致过去很久之后，我可能全都忘记了当初的构思是怎么样；比如，要给朋友寄快递，因为懒得去快递公司，今天不寄，明天不寄，一周都没寄，到最后，朋友很生气，觉得我没有把他的事情放在心上。经历过这些很微小的事情之后，我觉得我的生活一团糟。我想要改变，于是，我买了一个记事本，每天早上把今天要做的事情全部列好，做一件标示一件，做一件标示一件，不允许今天做不完，做不完就睡不踏实。渐渐地，这样长久地锻炼下来，生活井井有条，心情也好了很多。希望对你有所启发。

当然，我觉得你还是很棒的，很多读大学的人仍然在浑浑噩噩，觉得一辈子这样下去也挺好的，但你有改变自己的念头，并且为不能改变自己而苦恼，这种自我改变的意识非常宝贵。坚持下去，我不希望你成为一个普通人，如果非要普通，也要做一个有质量的普通人。

第二个方面的问题，总结起来就一句话：面对自己不喜欢的朋友，我该怎么做？

姑娘，你说你是一个特别容易对人掏心掏肺的人。我不知道你怎么理解"掏心掏肺"，反正在生活中，我很害怕遇到一

见我就对我掏心掏肺的人。我觉得容易对人掏心掏肺的人都是
一些内心并不强大的人，需要借助别人的倾听和安慰才能确定
自己存在的价值。而且，掏心掏肺这种行为，非但在遇到问题时，
不能得到对方的帮助，反而更容易被人辜负。我不是宣扬每个
人都背着一个壳，包裹自己，而是说要掌握这个分寸，即便是
你和未来的男朋友之间也是这样。不要觉得"掏心掏肺"就是
真诚，就是坦荡，一切东西如果失去了一个"度"，都会走向
事情的反面。我在新书里面有篇文章《心怀秘密，坦坦荡荡》，
你可以再看一遍，会有新的启发。

还有一点，你说你是一个非常容易受人影响的人，觉得好
久不理她，就觉得对不起她，就开始念她的好。亲爱的姑娘啊，
"容易受人影响"这种事情和"掏心掏肺"属于同一个性质，
甚至和你学习方面的问题都是如出一辙的。如果这些问题不解
决，将来你谈恋爱时，定然也会出现好多这方面的问题。别在
道德上把自己往"高"里拔，咱就是普通人，有爱有恨，不完美，
无须对别人做到十全十美。

而如果我遇到这样的朋友，如果不在一个宿舍，我绝对不
会再搭理，因为欺骗和说谎这种习惯很难改，而且这种人一般
也不愿意去改，这是我交朋友的禁区，所以你之前对我好，我

也对你很好，现在我发现你有问题了，并且我做了努力去引导你改变，你执迷不悟，那我就放弃。倘若不放弃，会怎样呢？你会一点儿也不快乐，这种没有质量、负能量满满的友谊，也许对她没有坏处，但对你绝没好处。

倘若在一个宿舍，我会渐渐疏远，和对待宿舍的其他人一样，不会和她有额外的亲近。我很讨厌宿舍里面搞小圈子，基于日常生活而走得非常近，而让宿舍其他人不舒服，这种事尽量少做。我有心事不会再跟她说，你要相信每个人都是有心事的，也不是每件心事都需要有一个出口。我也不会在没有宿舍其他人的情况下，和她单独外出、逛街。渐渐疏远，最终成为很普通的同学关系，如果是我，就是这样做。

还是那句老话：你是什么样的人，便遇到什么样的人。即便你不说谎、不欺骗，但你们一定有其他方面的共通点。找到它，认知自己，让自己强大。

姑娘，加油！要感谢你对我说出这些，因为将来，你会有那么一天，感激自己此刻的坦诚。面对问题，解决它，一切都来得及。

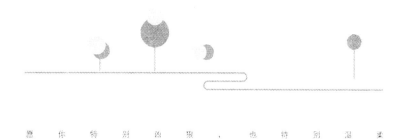

愿 你 特 别 凶 狠 ， 也 特 别 温 柔

第四章

真情无语，尽在真心

陪伴，是最有力的爱

每次聚餐，一位近四十岁的前辈都会在微醉之后，把话题转向家庭，以"我对不起老婆、孩子"为主旨，引发一场以他为主角的声势浩大的安慰。前辈事业做得很棒、人品极好、待人接物自有分寸，算是一位很有品质的大叔。

他口中所说的"对不起老婆、孩子"，不是他有了第三者，也不是做错了什么事，就是因为长期两城分居，不能每天陪在她们身边，和她们一起吃顿饭。大家体恤他的辛苦，便安慰他说"一切也都是为了给家人更好的生活嘛"，可他仍然难过不已，每每提及此，都泪眼蒙眬。

在当下的社会，异地恋、两地分居的比例迅速提高，每个人、每个家庭都有自己迫不得已的原因。以前，我还天真地以为"只要你下定决心去解决异地的问题，这是一件可以做到的事情"，但自从开始在社会的炼狱中摸爬滚打，稍微尝到了一点儿社会的残酷味道，就知道，没有任何人愿意异地，都是在心里做了无数遍算术题，斤斤计较各种得失之后做出的选择。

　　只不过，尽管如此，我依然认为，在所有的利益、条件面前，陪伴是最重要的，无论是在亲情、爱情还是友情之中。

　　失去陪伴，是可以要人命的。人其实是很脆弱、孤单的生物，一点点的"在一起""站在一边"，都会让人变得有力和坚强。

　　村上春树有一本小说叫作《没有色彩的多崎作和他的巡礼之年》，这是一本"寻找自己"的小说，也是一部与"陪伴"有关的作品。主人公多崎作，在中学时和两男、两女成为好朋友，特别铁的那一种。可是，等到他上了大学，其他四位朋友突然就抛弃了他，也没有人告知他原因。失去朋友、失去陪伴的他，回到大学，每天想到的事情只有死，什么都不能做，就是等死。即便过了几年，他从死亡的阴影中慢慢地走了出来，在他以后的人生中，实质上，依然是"孤单一人"，不能爱人，总是在被抛弃。

　　陪伴是一种能力，能和一个人相伴一生或者牵手走过一段很长的路是一件很艰难但值得做的事。我们不能原谅旧友，不想再回忆起前任，对长辈痛彻心肺的悔恨，大多来自我们和他们没能持久地陪伴在一起，让彼此缺失了这最有力的幸福。

　　我有一个习惯，每隔半年或者几个月，都会在夜晚去城市的天桥上站一会儿，看看街上的车水马龙、街边的灯红酒绿，然后，再注视居民区的格子窗里透出来的光亮，让自己知道：

不管你在外面有多么拼命、耀眼，你总得"回家"，去陪伴一个人或者一堆人，享受另一种形态的精彩。

同时，陪伴也是一种关于爱的需求，如果真爱一个人，真想靠近一个人，怎么可能不想陪在他（她）身边？即便两地分居的人，内心的这种渴望还是很强烈的。如果说两个人有在一起的现实条件，他依然以各种借口不想陪伴在你身边，那么，他未必爱你。

有个女孩告诉我男朋友说不想耽误她考研，怕她分心，而他自己呢，又会有太多的事情要忙，足球啊，学生会啊，考公务员啊等一系列的事情会让他忙得没有时间陪伴女生，所以男生最后提出了分手。女孩问我："他到底是不是为了我好啊？"

亲爱的傻姑娘，他不是为你好，而是根本不爱你，他只是自私地想为自己好而已。不过，还好，他还能提出分手，没有"祸害"你更久，算他还渣得不是太彻底。

有记者采访汪涵，说杨乐乐为了家庭，几乎放弃了事业，他内心的感受是怎样的。汪涵回答："有了孩子之后，她即便再想回到事业上来，也不太可能了，因为她的生活已经不能完全由她自己决定了。而我能做的只是陪伴她，她想去哪里，我就陪她去；她想做什么，我就和她一起尝试。"

我想，对于杨乐乐而言，让她在事业和陪伴之间选择一个，她也一定会幸福满满地选择陪伴吧。换句话说，我们现在所做的一切努力，不都是为了陪伴我们想要陪伴的人吗？陪伴才是人生的目的啊。

性是一件值得享受的事

最近在看黄爱东西老师的书《我有一个同事》，这个名字起得真好玩，乍一听上去，好像是在讲同事的故事，但其实是一本"小黄书"，都是一些和"性"有关的东西，从很科学的层面做的解读，只不过话题的引发点多是在同事之间的交谈之中。这个话题，其实我是不想公开来谈的，隐秘的事情应该有私密的情趣，敞开来谈，就索然无味了。

直到我的邮箱里有了好几封关于这方面的邮件。有个姑娘的男友邀请她一起去某景点玩，姑娘既激动又害怕，激动是因为终于可以有两个人的旅行了，害怕是因为可能他们要一起住一晚，担心会发生关系。

有个二十八岁的男生和女友相恋四年了，终于在他生日那一天，鼓足勇气，带女友去了酒店，刚开始女友还是羞涩地配合，可一关上门，就发疯一样地想要逃离，男生表达了自己的想法，女友非但不理解，还打了他，他觉得自己委屈极了，双方父母都已经见过面了，过段时间都要领证了，为什么就不能平静地面对这个问题？

也有已经结婚的姑娘觉得那件事情很脏，以致会讨厌很想要的丈夫，进而对婚姻失去兴趣。

性从来都是两个人之间的事情，首先要有爱，其次要有尊重。没有爱的性只有快感，和动物交配一样低级。有爱而没有尊重的性，连快感都不会有，如果一方强制另一方进行，得到的只能是更直接的拒绝，尊重对方的原则和底线，给彼此时间，在充分接纳的基础上再做表达。而最后，一定要有的是对"性"本身的信任和理解。

太多人做不到享受"性"的快乐，是因为对它一直存在误解或者说根本没有真正把它当回事，更直接地说，很多成年人都没有完成在青春期就应该进行的"性启蒙"。

在常规的恋人框架内，我们来谈论下面的话题，接不接受婚前性行为是一个人的选择，这和道德没有关系，如果你觉得一切应该顺其自然，那就干柴遇到烈火烧一把，如果你觉得现在做了，之后会一辈子走不出这个阴影，就不要去尝试，这和一个人对性、对爱情甚至对世界的认知是有关系的，性看起来是件小事，但和三观有着直接的关系。

我不认为有过婚前性行为的人有多么的肮脏，没有过的就多么的高尚，我的判断点在于它有没有促进你们的爱情，而你们又是否得到了快乐，性是爱情的一部分，而不是道德的范围。

性也不值得恐惧。如果两个人对其相关的知识有所了解，确保不伤害对方的身体，那就不要有过多的担心，说它特殊它也特殊，说它一般它也一般，和生活中其他的行为一样，正常得很。

首先不要在心理上恐惧，给自己施压，才能感受到身心的变化，更好地爱对方。大多数的恐惧只是因为不了解，如果对其所涉及的内容有所涉猎，就能够做到既能很好地保护自己，又能让对方感受到自己的爱意。

在性上面的愉悦也是身心愉悦的一种，是值得你去发掘的。很难想象一个在精力充沛、荷尔蒙飞涨的年龄都无法坦然面对它的人，能够在婚后漫长的生活中享受到它所带给你的快乐。有姑娘曾经对我说："等到我们结婚之后，我没有了那些思想上的限制，就会好很多的。"而现在她已经结婚三年，谈起此事的态度是："可有可无的啦，他也不是特别主动，我也不想积极，就这样吧。"

性，是一件需要花费时间和精力去了解、去重视的事情，它虽然在某个时间自然而然地出现，但前提是你已经有了足够的准备，才能从头到脚都放得开，否则就会把两个人的简单机械运动当作它的全部了。

我很喜欢的一部电影里面有一句话：天黑了，我们一起来使坏吧。快乐满满而自然而然。愿你和有情人做快乐事，而不是一直把自己圈养在不自知的牢笼中。

人最性感的部位，是大脑

"康熙来了"在停播之际，做了一次嘉宾盘点，邀请了几位高频率出镜的明星。作为节目的忠实粉丝，几乎是每期都看的那种，我仍然会对其中的几个人印象模糊。每个人都在感叹相同的东西：这个节目是他们人生的转折点，自此有了不一样的人生；但每个人感叹的又并不一样：节目为他们铺了路，可路走到这里，每个人呈现出的状态却有着高下之别，观众一眼便见分晓。

机会是有了，可是有些人只能眼睁睁地看着它从身上飘过，没有能力用它成全自己；而有的人，则用一点儿火星便璀璨了自己。区别在哪里呢？听小 S 说，其中的一位嘉宾每年都会按时给她和蔡康永送礼物、写贺卡，这让她觉得印象深刻。可是，对我而言，这个人，恰恰是里面起色最小的一位。

　　我不觉得这种方式就是贴心，只是觉得有很大的成分是在表达：才华不够就用人情去补。我了解到一位知名人士也是这样在做：每年新茶下来，都第一时间送给全国各地的朋友，年年如此，无一年例外。可是，我仍然对他不感兴趣，原因很简单：能感觉到到朋友都在帮他，可是，他"提不起来"，不能撑住。

　　有次坐车，旁边坐着一位河北的小老板，自来熟地和我聊天，掷地有声地谈起他用人的两个标准：一是掌握核心技术的人员；另一类是"眼神"好的员工，即那种你刚把烟拿出来，他已经把打火机递到你嘴边的那一种。我问他说"如果两者必选其一呢？"他抖了一下激灵，说"当然是第一种了。咱中国什么都缺，就是不缺人，第二种人多得是，就算不是，训练上一两个月，聪明点儿的也能很好地上岗了。"人情这东西，在中国从来不缺，只要你愿意在这方面努力，总可以达到某种目标。

　　可是，才华呢。才华是片海呢，日日夜夜的静寂无声，偶有一日遇狂风，才能借力形成滔天大浪，壮观得人令人心惊。是的，才华是令人恐惧的。我们很多时候不能接受狂傲之人，也许只是因为在和他们的比较中，觉察出了自己的卑微和松懈。

　　我有过一段对"人情"的热恋期。朋友帮了我的忙，我恨不得拿出十倍、百倍的礼物去感谢他（她），其实，我知道我内心的渴望是：请你以后继续帮我。对方觉得我太客气，回复我说"真的是因为欣赏你，才帮你，没有其他。以后有需要帮忙的，你告诉我一声就好，我很愿意"。拿到"平安符"的我，这下放心了。

后来，有段时间，我的状态很差，我拿着做出来的东西去找他帮忙。他直截了当地拒绝了我，说："我不能帮你展示，如果以这样水平的东西来宣传你，只会给你引来负面评价。"过了很久之后，我再回看这个时期的成果，真是长舒一口气：幸亏没有被众人看到过。

人情总归是和人、和另一个人有关。而对方是独立的个体，有自己的喜好和判断，他即便想要和你长久地保持良好的关系，他也未必每次都能说服自己。所以，依赖人情，是不可靠的，这和依赖所有自身之外的事物一样，都不稳当。

妥帖的、经得起检验的做法还是在自己身上下工夫，以"才华"二字惟命是从。即便是对娱乐明星而言，也是如此，才华才是最深的利器和性感。那些表面的、肤浅的、一眼可以看到的东西，都只是昙花一现，也许会暂时和视觉达成友好关系，但进入不到内心。

人情上做到基本上的礼尚往来就可以了，甚至有些得罪也是需要做的。省下精力，去丰富和提升自己吧。人和人之间的吸引，都归于"性感"，无论异性还是同性，无论国别还是年龄，而这种"性感"，拨开看去，芯里都是 TA 有内容，有自己的核。

那天看潇洒姐的微博，她说"人最性感的部位，永远是大脑"，是的，才华才是最深的性感。

真正的讨厌，是相忘于江湖

S 小姐是我的好友，也是一位小有名气的网红。两年前，在她身上发生了一件现在想来还觉得恶心的事情。一名很猥琐的男性读者每天都在她的微博下面留言："你嫁给我可好？"深夜私信也会突然跳出他的留言"夜深了，我想你"，甚至在她长久不用的博客、邮箱里面，都有他的留言"我爱你，我想娶你"。

S 是暴脾气，她哪能受得了这种侮辱，于是，在各种渠道上变着花样骂他，据她说，那段时间把一辈子应该说的脏话全都说完了。但结果是，对方越来越积极。S 小姐把他拉黑，他换个名字继续来，试图和 S 做"猫捉老鼠"的游戏，甚至话语也越来越露骨。

有一天，S 和学心理学的朋友聊天说起困扰自己的这件事，对方哈哈一笑说："你这么聪明，竟然没想到有更简单的方法，反而用了最笨拙的方法。"S迷惑不解地说道："受到了屈辱，难道最好的方式不是用语言或者身体暴力来还击吗？难道是想让我报警不成？"那位朋友知道她是暴脾气，不会捺着性子去想，便告诉她："警察是不管这类事情的，因为他没有触犯法律。最简单有效的方法不在法律，而在你自己，在于你对他的无视，不管不顾最具杀伤力，正面还击只能让他越战越勇。"

S听了他的话，回去之后，该晒照片时晒照片，该矫情地向读者撒娇就撒娇，全然不管那个人在下面如何留言，又是如何发私信，不到三个星期，结果"奇迹"出现了：她再也没有收到那个男人的任何消息。

后来，S和我聊天时感叹那位学心理学的朋友是太厉害的大神，看我没有表现出异常的崇拜，她"挑衅"似的问我："难道你有更好的方法？"我说："不是。只是如果有一天，我遇到这种事情我肯定会直接无视的，不是我聪明，而是不会让任何和我现在的生活无关的人来打扰我，我很自私的。"她有些泄气地说："好吧，就我傻。"

其实，她是真的做不到无视吗？完全不是的。和前男友分手后，他无数次地打电话、发信息给她，她铁了心地不回复，即便晚上看着信息狂哭不止，也不会回一个字。为什么？因为她知道如果她回复哪怕一个字，接下来发生的事情就不是她能左右的了。作为一个遭遇背叛的人，无论有多想念，在底线面前，也只能相忘于江湖，从此再无瓜葛。

生活中，我们难免会遇到讨厌的人或者恨的人，是直接对垒，还是根本无视，我会毫不犹豫地选择后者。赢了对方又如何呢，况且这是个消耗能量的过程，没有谁是真正的赢家。无视或者"躲开"不是无能，也不是认输，而是爱自己的表现。

最常见的情况是办公室里面或者宿舍里面有一个特别令人厌烦的人，最可气的是每天还要迫不得已地和他（她）发生联系，很多人向我写信，寻求建议，似乎这是一个永恒的难题——不喜欢还要面对面。我的做法是和他（她）有联系的事件公事公办，不考虑其他；没联系的剩余时间，就当他（她）不存在，绝不让他（她）影响自己的心情。

也许有的人会说"这是一种理想状态吧，很难做到的"，事实上，它一点儿也不理想，而是很多情况下，人们都喜欢没事找事，自己给自己找不舒服，一旦舒服了，就总觉得会是假象。

有个姑娘给我写了一封很长的信，里面的人物关系复杂，她的讲述也很片面，回避掉了很多问题，大致的内容是："同宿舍的坏女生 G 不但挑拨我和男友的关系，还挑拨了我和两位舍友的关系，我不想失去我的舍友，可是那两位舍友在事实面前，仍然偏袒 G，我怎么办呢？"不知为什么，我从她的整个叙述中，最先感受到的不是 G 有多么坏，而是写信的女生对 G 的成见有多深。

她说上大学时，她就和 G 气场不和，只是维持表面和平，快毕业时，G 介绍自己的小学同学给她，她却觉得 G 是在看她的笑话，相信男生和她只是玩玩，不会长久在一起，事实是她和男友一见钟情，她觉得这一点狠狠地打压了 G 的嚣张气焰。毕业后，有次她翻看男友的聊天记录发现 G 曾经劝男生和她分手，但姑娘没有告诉我 G 是以什么理由劝说的。

包括 G 在内的三位舍友毕业后都去了国外读研，只有这个女生在国内工作，她觉得其他两个室友聊天时，无视她的感受是 G 挑拨的，于是，她在朋友圈把 G 的丑恶行径广而告之，试图让其他两位舍友认识到 G 的丑恶，没想到的是两位女生置之不理，依然和 G 玩得热火朝天。

读到这里，真为这位姑娘着急。既然那么不喜欢 G，为什么还要在毕业两年后继续让 G 影响你的生活呢，而且人家没做什么事，这些基本都是你臆想出来的，自己给自己制造不快。如果真的讨厌她，就让她彻底远离你的生活啊，关注她的消息做什么？

你男友聊天的信息那么多，为什么你就那么关注他和 G 的聊天，不是自找麻烦是什么？三个人在国外读书，有共同话题，聊得 high 怎么就必须是 G 挑拨的呢，没有可能是其他原因吗？容我说一句，也许 G 介绍小学同学给你认识，就是在帮你引荐朋友，根本没有看你笑话的意思，更何况你和他在一起了，结果是好的，为什么还要揣测当初的意图呢，如果她没有给你引荐，你有多大可能认识你现在的男友呢？

更或者说在大学里，人家或许根本没有和你有芥蒂，很可能只是你想要远离她而已。当然我这是设想，是想给你提供一种可能性。我很讨厌受害人心理，觉得什么事都是自己吃苦了，都是自己受了委屈，即便原谅，也是站在道德审判的点上。

不要去想怎么挽回两位其他的舍友，人心都是一面镜子，选择和谁交往，都是在里面"照"过的，谁也不会傻到听信别人的挑唆就放弃一个喜欢的人。大家都是成年人，在可有可无的人身上，不必上演宫心计，如果你做了该做的，不管出于何种原因，她们不愿接受你，那么请转身离开，如果继续，只会更伤害自己。

面对这件事情，要做的第一步只能是让 G 在你的生活、内心中彻底消失，爱恨都不要。室友之情可贵，可是她在你眼里成了这样不堪的人，那么没有一点儿真情可言了，是发自内心的讨厌了，那么，来个干脆利落的，相忘于江湖吧。

如果明明很讨厌，却还自觉地把她引入你的生活，那么，我只能套用《甄嬛传》的经典台词"贱人就是矫情"结束。不是不礼貌，而是我的的确确认为：这就是作践自己，矫情地作践自己。

有些人，就适合过"乖乖女"的生活

在我收到的读者来信中，出现频率最高的词汇之一就是"乖乖女"，这个名词一度让我很困惑，觉得在理解上有分歧，因为在她们的讲述中，"乖乖女"就是言听计从、臣服于家庭的压力，做着自己不喜欢做的事情，过着不满意的庸常人生的人；而在我的理解中，"乖乖女"则是指那些通过自己的努力，过上了自己想要的生活，让父母放心，不给家人添乱的人。

所以，到底哪种算是"乖"，思来想去，或许前者是所谓的"假乖"，而后者才是"真乖"，如同"贾宝玉"和"甄宝玉"一样，不到一定量的修行和参悟，就会把"假"东西视为珍宝，当作最高的信仰。

"假乖乖女"的人生大约又可以分成两种形态：一种是"大

富大贵"类型的。一辈子都在父母的保护下，被宠爱着成长，或者父母提供工作机会，或者父母给她买房买车、看孩子，家庭富足，境遇又好，一生不愁吃穿，人生里面多的是享受，"任劳任怨"不会出现在她们的视野里，安然接受面前的一切，即便生活全部都是被安排的，也心甘情愿地接受。

我身边的女孩晴就是如此，高中毕业出国留学，在国外学到的都是社交名媛那一套。回国后，一切都听父母的，即便父母给她充足的权利让她选择，她也自觉放弃，让父母来裁定。现在自己做了母亲，对女儿也是言听计从，事事满足，外人发觉不出哪里不对，或者哪里不好。

我们平常所说的那些"不能宠溺孩子""人生就该奋斗"，在她的家庭里面，根本不适用。依靠几代人积累下来的财富和生活方式，似乎只需要完美地传承就好，这大约就是"含玉而生"的那一类吧，一生只与锦衣玉食有关，似乎也没有不乖的可能，毕竟都是非常好的了。

第二种形态则是"寻常百姓"类型的，就在你我的身边。父母一辈过得不甚了了，却要求子女一代必须按照他们的想象来过活，大多数都是把孩子当作了自己的"延续"。而且，大部分的建议都是以稳当为第一原则，或者说父母认为的"最好"就是没有特色、平平淡淡，所以在某种程度上会扼杀孩子的活力以及对未来世界闯荡的勇气。

而在这样的家庭中成长起来的孩子呢，大多都是极为普通、没有创造力可言的。有个很尖厉的矛盾存在：如果孩子能给父母安全感，让他们觉得你的"不顺从"也可以把生活过好，那父母就会不再干涉；另一方面呢，如果父母干涉，那孩子很难成长为一个能够具有充足能量和能力的人。

所以，在姑娘们向我抱怨父母干涉自己的选择时，其实，我也能够体会，这样的姑娘，如果没有父母的干涉也未必能过得很好，甚至很多时候，应该感激父母给她们提供了一条稍微好些的道路。抱怨父母是很简单的，把一切责任归咎到他们身上也很容易，但问题是，如果没有了父母的干涉，你到底是否知道自己要做什么？是否真的有勇气去追求梦想？

我身边也有这样一个例子。女孩想要从事播音主持行业，在小城生活的父母全力反对，认为家庭负担不起，而且女孩各方面的条件也不是特别优秀。父母为了断了她的念头，便强制她考了当地的中学老师编制，父母说："你不是喜欢播音主持吗？那就在你的语文课上多多练习吧。"姑娘当然不服气，在做了两年老师，有了一些物质条件之后，某个暑假飞去了北京，然后开始了播音主持的"北漂"之旅。

第一年，太急功近利了，于是遇上了一位冒充编导的渣男，财色两空后，一度抑郁，她的抑郁起点是因为她觉得自己命运太不好了，而事实上，明眼人都知道，这个女孩的情商很低，在当地的中学名声就不怎么好，待人接物总是遭人诟病。

第二年，害怕回家丢脸的她，一边吃药治病，一边串场，拿着一二百块钱的串场费，即便如此，每个月最多只有一两次这样的机会，其他的支出都是自己倒贴。

第三年，参加选秀节目，被评委指出：需要一些专业训练，缺少技巧、路子太野。于是，向家里要了一笔钱，趁着周末和假期去专业院校上补习班，学到了一些知识，但依旧没有人引荐，还是在各种商场的活动中串场。

第四年，又去参加了几个电视台的选秀节目，没有一个进入决赛，连名次都没有拿到。悻悻地回家之后，父母只跟她说了一句话："喜欢是一回事，有没有能力是另外一回事。我们做父母的，比你自己还了解你。"

然而，四年过去，她再也没有勇气考编制，于是，随便找了一家企业，开始了朝九晚五的职业生涯。有时，我会想，如果她给我写信，也许会很抱怨她父母在最开始的两年，没有支持她的梦想，让她做了两年和梦想无关的事情，耽误了她吧。

你看，生活就是如此。我们总觉得自己委屈，自己不被理解，事实上，是我们自己根本看不清自己，没有花时间来了解自己。有人会说："就算我们笨拙，就算我们会受伤，我们也愿意去水深火热的生活中体验一番，才不要被安排的稳妥的人生。"

是的，无数的心灵鸡汤告诉我们人生需要尝试，人生只有一次，就是来经历的，哪怕遍体鳞伤，也要活得漂亮，但这些"激情澎湃"都有一个前提：你对自己有明确的认知，真正了解自己。什么都不做，只是空想着一往无前，就是愚蠢，就是不对自己负责。

人生贵在尝试，说起来容易，可别忘了人生还有责任。有些成大事者需要大磨砺，而对有些人而言，能安心过最平淡的生活就是最大的成功，不比身价百万差。

根据我的观察，"假乖乖女"逆袭的可能性极小，基本都会在父母所期待的轨道上往前走。这说起来有些悲观，但却是事实。甚至无论这个孩子读了怎样的名校，到头来，依旧得回到父母的方向上去。

那些真正跳脱出来的，是无论出生在怎样的家庭，从小就"违逆"父母，按照自己的方向行走的人，可以说，他们自有一种"反叛"的基因，即便生在父母把他锁在房间里的家庭之中，他也会想尽办法逃出来，继续奔跑。

那些二三十年都在父母面前"乖乖"的人，由于某种惯性，大多数只能一直"乖乖"下去，所能做的就是把梦想放在心里，让它成为一点儿光亮，照亮自己眼前的生活，同时，别再重蹈覆辙，像父母一样。

像谈恋爱一样爱你的闺密吧

　　前不久看到吴昕和她的闺密开了一家闺密装潮牌店，有各式各样的闺密装美图，夏天烈日阳光下的灿烂笑容，寒冬羽绒手套间的温热口气，有那么一瞬间，直接就击中了我，突然就感觉：有闺密或者好朋友，是一件多么幸福且幸运的事情啊！

　　又想起那些个辗转难眠的黑夜，那些痛哭流涕、号啕大哭的时光，那些快乐得没有人分享就难受的时刻，这些情景只能和闺密分享，家人不行，恋人不行，只有闺密最适宜。

　　各种美剧和电影的核心都是"闺密情"，但都是通过艺术化的手段渲染成了"理想化"的形式，回归到生活中，闺密情其实很普通，普通到很多时候让你感觉不到它的存在。它静默无声，它似有若无，它只是简简单单的陪伴，可即便如此，拥有便值得无比珍惜。

要知道，对于很多人而言，能够遇到一个入心的闺密是一件无比困难的事情，有姑娘给我写信说她甚至会为了因为没有闺密而自卑。生活就是如此，对很多人来说轻而易举的事情，对另一部分人来说就会很难，也就是因为如此，我们应该感恩所拥有的一切。

一、闺密的基础是彼此都愿意打开自己，信任对方。

打开自己是很难的事情，尤其对于内向的人来说。每个人内心都有独属于自己的一小块领地，不容得别人侵犯一丝一毫，这没有关系，爱你的人都会尊重你。可除这一小块领地之外，你真的就愿意把其他边界的疆域展示给别人吗？

很多人的心扉是紧紧地关着的，无论他人拿多么坚硬的东西去撬，依然撬不出一丝缝隙。我不喜欢坚硬的人原因就在这里，我进不去，她用厚厚的伪饰的沧桑把自己包裹得没有了感受。

所以，想要有闺密，先让自己柔软，软得能够去感受那些生命中的小确幸。有闺密的人恋爱幸福指数普遍很高，就是因为她能够把你的感觉打开，让你有能力去体会爱、欢乐和痛楚。

闺密意味着你愿意把自己的心交给对方，不担心背叛，不考虑误解，就是无条件地信任，我赤裸裸真心相对，至于结果，我都坦然接受。年轻时相对来说容易形成亲密关系，就是因为敢于交付自己，不会权衡太多东西，因为一无所有，所以全部拥有。

二、闺密的持续性法则是付出。

我们都愿意接受，接受爱、接受金钱、接受赞美，但不习惯于去付出这些东西，就像我们习惯于絮絮叨叨地抱怨，却很少能做到聆听。付出，是使得闺密之情持续且繁荣的法则。有些最初很好的关系逐渐冷淡，多数是因为两个人位置的长期不平衡，一方积极主动，一方被动接受，只有单向度的沟通。

付出是一种很美好的感受。以前，我也偏向接收，但现在我更愿意为他人做点儿什么，尤其是好友、爱人，看到别人因为你的一点儿作为而变得更好，那种感受是有价值感的，况且，我们喜欢的人本来就值得爱啊。

想想恋人吧，如果你爱他（她），恨不得为他（她）做饭、洗衣，连杯水的温度都会为他（她）考虑好，那就用同样的方式爱你的闺密吧，先忘我地付出，不斤斤计较之后，再谈其他。很多人没有交心的朋友，就是过惯了"养尊处优"式的生活，意识不到应该为别人做点儿什么了。

三、闺密就是完善自己的同时，也能够完善对方。

闺密就是一面镜子，看到自己的同时，也多半看得到对方。

如果在一段关系中，两个人都没有往好的方向发展，那多半是走不下去的。所以，如果你想要有真正的闺密，那就先把自己塑造成一个拥有积极能量的人，积极的能量才会吸引人，才会想让人靠近，整天以悲观颜面示人的人，不管你多么真诚，都不会有人愿意和你长久地待在一起。

性格是一方面，态度是另一方面。你或许脾气暴躁，或许容易伤感，这些都没关系，只要你有自愈的能力，能够积极地从中拔出自己，别人就会看到你态度中正向的一面，愿意和你站在一起。

闺密是经过时间筛选之后的结果。在几年、几十年的时光里，你有责任带给对方好的改变，因为她把时间中很重要的一部分交付给了你，你要像对待自己一样对待她，不能让她停止生长，要让她欣欣向荣。当两个人都变得越发"茁壮"的时候，你们的根基才会扎得更深。

我经常说"女人可以谈两种恋爱：一次是和男人，一次就是和那个被称为闺密的女人"，和闺密感情很深的人绝对会赞同，如果有一天，他们两个同时掉入河中，问你会救谁，你会毫不犹疑地说"我会跳下去，和他们生生死死在一起"。

嗯。像谈恋爱一样爱你的闺密吧，她值得。

女性之间的关系，更见情商高下

　　好友和几位同事合住单位宿舍，有天她回去时，听到其他几个人在讨论她，基本上都是一些负面评价，朋友压制住内心的怒火，走进房门，没想到迎面而来的却是一堆笑脸："亲爱的，你回来啦？"好友说："从没想到，这种电视剧里才有的情节，竟然会发生在我身上。"我打趣她说："和一群影星一起生活，你的演技也会提高哒。"

　　好友说："我根本不 care，等我赚够了钱，我就搬出去自己住，谁要和她们一起生活啊。"最后发出感叹，"还是和男性朋友待在一起舒服，没那么多事儿。"我回复她："亲爱的，对于女性而言，得同性心者，才能得天下呀！"她大笑三声："老子宁可不要天下。"我没有再继续说下去，可是我的内心却有一个声音在呐喊："你可以不要天下，但还是得处理好和她们的关系啊。"

于我的经验而言，女性和异性交朋友（不是谈恋爱）要比和同性容易得多。一方面，男性和女性很多时候，并不属于同一竞技场，没有竞争性，所以你好我好大家都好；另一方面呢，异性之间本来就互相吸引，互相欣赏，女生有点儿小脾气、有点儿小淘气，在男生面前，可能就是小可爱、小任性，两性之间，如果不是作为恋人，只是作为朋友存在，相对来说，交流和相处起来要容易得多。

所以，如果你觉得你的异性缘很好，请仔细分辨一下：到底是两性之间的这种特性决定的，还是因为你自身、你本身非常棒，才会让你们的关系很好。这是一个非常重要的区分，不要把属于"类"的特性，想当然地当作自己的"优势"。见过在同性关系中处理得一塌糊涂的女生，在男性中却有相对好的人缘，发生这种情况的前提是：这些男生和她的情况差不多，她的所谓的异性缘好，也只是限于这部分人。

我们说一个人很有魅力、很招人喜欢，让人愿意和她待在一起，一定是在指这个人具有人格魅力，具有优质的情商和素质，而这种"魅力"是不分性别的，不可能说你在女生心目中有魅力，在男性眼中就招人厌弃。而且，我觉得能把同性关系处理得很好的人，异性关系一定不会差，而把异性关系处理得很好的人，处理好同性关系的几率并不大。

大家可以想一下自己身边的例子。凡是成功的或是优秀的女性，一定会有很多闺密或者好朋友，尤其是随着年龄的增长，这个趋势更加明显。年龄和阅历的增长，会让同性之间的吸引性大大增加。就拿我和父母的关系来说，在之前的很多年里，我和爸爸比较亲，有什么事情会先和爸爸商量，再问妈妈的意见；但在最近几年里，我给妈妈打电话的几率远远高于爸爸，并且有些事，甚至不想告诉爸爸。

当然里面会有各种因素，但我想同性越来越相吸的一个很重要的原因是性别。见过很多人之后，你会觉得，如果这世上真有感同身受这种事儿的话，一定是发生在同性之间的，不知是身体构造还是心理机制的原因，同性之间的通道一定是最近的。

不消说谈恋爱、结婚、生孩子这些事情上的忧郁和彷徨，男生就算想要体会、想要感受，都不会有这样的机会，你无论怎么向他描述，他最多只能安慰和抱抱你，而不能陪你一起流泪、一起干一杯说一句"所有的话都在这杯酒里了"；就连你想要选哪个色号的口红、做什么样的发型，和男友约会穿什么样的衣服，这些虱子一样存在的细碎，一定是女友给你最有效的回答。

真是年龄越大，越珍惜身边的同性朋友。青春期的时候，最讨厌的就是女生，动不动就发脾气、生气、不理人，要不就是经常在背后议论别人，或者是组成"小帮派"一起孤立某个漂亮的女生，要不就是说话没礼貌，把伤人的话直接丢过来，让你措手不及。可是这里依然有一个前提：之所以我们被这些问题包围，之所以我们对她们那么有怨言，很大程度上是因为我们几乎是天天在一起的，甚至每分每秒都在一起啊，一起上学、一起上课、一起做游戏、一起看电影、一起逛街……无时无刻不在一起的两个人，相互讨厌的几率本来就大呀。

我认同，即便是同性之间，也有你真心讨厌、不能接受的人，这无可厚非。但是，如果可以，我还是希望每个女生都能享受到同性友谊的快乐，那种属于女性的快乐和懂得。在我收到的无数封信里面，关于人际交往的基本上就两类：和恋人之间的关系问题；女生和好朋友、室友、同事之间的关系问题。几乎没有人问和男性朋友之间的事情。

我能理解大家面对同性时的心理状态。作为一个文科生，从高中到研究生基本上都是和女生打交道。一起上课、同住在一个寝室，甚至到研究生阶段，我们专业只有一位男生。有趣的是这位男生并没有成为大家的"香饽饽"，更多的时候，是被遗忘，尽管他有才也很帅。如果同样程度"志同道合"和"谈得来"的男性和女性摆在面前，我们很可能会选择女性。

和女性相处是困难的，造成这种困难的原因之一就是我们在面对她们时，有时，我们看到的是理想的自己，所以会羡慕，有时会嫉妒，甚至心态会有些不平衡。有时，我们看到的是过去的自己，所以会想要摆脱掉，眼不见为净，或者"恨铁不成钢"，说"为什么她还这么幼稚、这么不懂事"。有时，我们看到的是就是当下的自己，为什么我不优秀的地方，她却那么闪光？为什么我可以接受的，她却不能认同？她凭什么趾高气扬，气焰嚣张……

和女性相处的困难，使得女性必须用更高的情商来处理，这就如同"一屋不扫，何以扫天下"。更不用说，从本质上说，我们和同性相处，其实也就是在和自己相处，在和自己的各个方面、各个层面相处。当你觉得它难时，你的人生也可能是千疮百孔、搞不定的时候。

你爱你的孩子，但首先，要爱你的丈夫

刘烨一家随着真人秀节目的热播，火得一塌糊涂，关于四口人的新闻频繁出现，在这其中，刘烨的好友讲述的一个小片段让我印象很深刻，一群朋友和刘烨的妻子安娜一起吃饭，刘烨没有参与，席间，朋友问："你现在已经有两个宝贝了，你更爱谁一些？"安娜扑闪着大眼睛，坚定地说："我最爱刘烨。"朋友惊讶之余继续起哄说："刘烨又不在，你说真心话没关系的。"安娜还是坚定地说："我最爱刘烨。"

看到这个片段的时候，我也很惊讶，但同时，又为我的"惊讶"感到羞耻：这正正常常的一件事，我为什么要惊讶呢？是因为中国女人在更多的场合是在说"我当然更爱我的孩子"吗？

很巧的是，有一天，我看到台湾著名戏剧大师赖声川先生在被人褒奖在戏剧事业上的成就时被问道："戏剧，应该是你一生的最爱吧？"赖声川大笑说："怎么可能？在我的心里，太太永远是第一位，女儿第二位，戏剧、佛法排第三位。"这么"等级森严"的排列不知道会"触犯"多少人？

在无数的父母心中，孩子应该是无可非议地排在第一位的，甚至一旦亲子关系出现，两性关系就消失了。不，完全不应该这样，并且，生活中无数的事例都在真切地告诉我们：一旦两性关系破坏，亲子关系根本无法健康地建立。你必须首先非常爱你的爱人，因为他（她）是你一切关系建立的基础和核心，同时，他（她）也是你的一切身份之所以出现的合理性依据。

经常遇到两种"孩子胜过丈夫"的情况，第一种是大龄女青年在相亲时，遇到不怎么喜欢的异性，但又觉得自己已经耗不起，于是，安慰自己说："以后有了孩子就好了，要不，先凑合凑合吧。"

这种"孩子就是救星"的背后，其实是回到了人类产生婚姻的源头——为了繁殖而结合，孩子根本不是爱的产物，只是精子和卵子交配的产物，恰恰是牺牲品。

第二种情况，就是结婚之后，一旦出现情感裂缝，就立马生孩子，目的是转移自己的注意力，到头来却发现，在这种情况下有了孩子，情感的裂缝只会更大。有位非常年轻，二十出头的女性给我写信说自己的丈夫在外面花天酒地，和别的女人有染，在这种局面下，她意外怀孕之后生下了孩子。有了孩子之后，丈夫更是彻夜不归，而生完孩子的她需要丈夫的照顾和心理上的安慰，她想"即便你对我不管不问，也不能不顾孩子吧，就不能节制一点儿吗"，越是有了孩子，她越觉得委屈，于是，选择以自杀来结束自己的生命，而在她自杀时，丈夫还在身边"添油加醋"般地刺激她。最终的结果是她被救了。

她对我说现在的生活非常压抑和灰暗，完全看不到光。中国人讲"劝和不劝分"，但这次我还是遵从本心说"离婚吧"。她给我的回复是："你不懂的，哪有这么轻易离的？我们有孩子的啊，孩子怎么办？"然后，我就彻底无语了。

孩子似乎是无数不相爱的家庭勉强维持的借口，所以高考结束之后，大城市的离婚率会陡然攀升，因为孩子成年了，可以照顾自己了。换个角度想想，这对父母之前的十几年，是怎么暗无天日地度过的呢？难道不是在浪费自己的生命吗？也真想问问那些孩子，高考之前的十几年，他们幸福吗？完全感觉不到父母的关系吗？成年后，父母离婚，对他们造成的影响果真会小很多吗？

在我看来，一切都是父母的幻想，是父母的自我安慰，似乎在说："看，孩子，我们两个人为了你付出了这么多，你要理解我们啊！"这就是"孩子为中心"的家庭的逻辑，一戳即破。

选择自己所爱的人，绝不妥协和勉强，然后给予对方最多的爱，无论是否有孩子，这其实才是正常的两性关系。两性之间出现问题，往往是一方觉得另一方不爱自己了，或者说在相处过程中感受不到爱意了。爱是毁灭两个人的媒介，也是连通两个人的介质，只要对方还能感受到你的爱，一切都可以挽回，一切都可以再开始。

同时，作为孩子也应该明确自己的位置。长期在外地工作，没有机会来照顾爸妈。和朋友聊天时聊到此，朋友一句话点醒我："虽然有孩子在身边最好，但是你父母之间的关系，是孩子不能匹敌的。父母之间的互相照顾才是最合适的。"如果你真爱你的父母，创造条件，或者尽己所能，让两个人更多地感受到来自彼此的关爱。不要因为父母有一点点对你的忽视，就觉得他们不爱你了。

本来，你爸妈最爱的就应该是他们彼此呀。

和父母坐下来聊会儿天的人，都是幸福的

晚上和父母坐在客厅里，聊了两个多小时。回到自己的房间时，突然觉得筋疲力尽，脑袋中像是装了一块铅，沉沉的，累极了。

这次长谈我是花了力气的，虽然只是随便地、没有主题地聊聊。从同学朋友的遭际、对未来人生的设计以及对社会问题的看法等等，想到哪里说哪里，只是有一点：在我讲述任何事情的时候，都必须从原点开始讲起，不像是和同龄的朋友一样，只是一提，对方就能心领神会。

父母不一样。碍于生活的环境和视野，在我讲述任何事情的时候，都必须事无巨细。比如说到打车软件，你得告诉它大

致是个什么东西，如何使用，有何种优劣，和产品经理一样做介绍。有人会问：如果父母用不到打车软件，你为什么还要告诉他们呢。

这就是问题所在。是作为孩子的你想要告诉，一方面是想要和父母分享外面的世界，另一方面是你在讲述其他方面的事情时，使用得到的辅助材料。父母会问我每年跑那么多个城市害不害怕，不认识路怎么办，这时候，你只能搬出打车软件，开始一轮介绍。但是，我没有问过父母，他们是不是真的想要了解某个软件，到底是对科技本身感兴趣，还是只是出于对女儿安全的考虑，抑或是两者都有。

今年回家，有一个很明显的感觉就是：几乎没有人在我这里催婚，我所感受到的压力竟然几乎全部来自于职业选择，而恰巧在这方面，我是非常坚定的，于是，便要花费更多的力气，想要让父母理解。

我的人生做任何选择，只有一个标准，那就是：能否促进自己的成长。我是那种恨不得把"活到老，学到老"刻在身上的人，成长、成长、成长，到老都要"成长"。不能接受静止的生活，要不断攀登和挑战，坚信投资自己是世上最值得做的事情，也是最有效建立安全感的方式，只有这样，才会越老越值钱，越老越珍贵。

父母点头应和我的理念，说是很支持。可是过上几分钟，再次回到职业选择的问题上来时，他们还是不由自主地阐发自己的观点。气氛严肃起来时，我问爸爸："如果我按照您所说的道路走，您觉得我会快乐吗？"他愣了两秒钟，说："不会快乐。"

那不就完了，父母最大的愿望不就是让子女快乐吗？我对他们说："我没有宏大的志愿，不想要赚多少钱，取得怎样的地位，就想要在养活自己的同时，能够不断成长，在开拓人生中快乐生活。你看，我们的目标都是一致的，只是我们实现目标的手段不同。"

父母一笑，其实未必是真的赞同我的观点。不能说他们落伍于时代，人都是一茬一茬地长的，之前的总会被后来的超过，虽然我只有二十几岁，但在很多问题上，已经不是很明白、看不清楚了。总觉得相对于很多父母而言，我的父母只是对我表达他们的态度，而不是强迫我去执行，就应该感恩了，他们做得足够好。

爱是我们一生的功课。每一年，你的感受都会不一样。可你也会知道：世间唯有爱是有核的，无论它怎样变化，都会稳固地驻扎在你心中，让许多问题变得无足轻重。父母会从孩子身上学习，反之，我们也从父母那里看到自己。

　　我们这些能够和父母坐下来聊会儿天的人都是幸福的、幸运的。不消说很多人在很小的时候，就失去了父母，还有一部分人的父母，可能并没有能力和孩子推心置腹地聊天，整日忙于生计，在孩子面前不知道该说些什么，当然还有一些孩子，根本不给父母聊天的机会。能聊一聊，开心的，或者争吵的，都足够好。

　　在外面的世界，我们说无数的话，会感觉到累，是因为敷衍、无聊、重复、消耗；而在家里，和父母说的话，会感觉到累，是因为认真、"反哺"、掏心掏肺、小心翼翼。但这却是一种滋养，不停地提醒你：你来自哪里，将要去往何方。

　　一切孩子在父母这里都会迷路，可是会更加勇敢地面对自己的人生。

谈情说爱，是需要花工夫去训练的

即将大学毕业的男生给我写信，他觉得自己困惑极了，父母建议他先找份工作，而朋友建议他先找个女朋友，不然年龄一大，只剩下不怎么好的女生了。他的苦恼点在这两个建议之间，万一工作了，和女朋友异地怎么办？我回复他说："你真的想多了，工作和女朋友两者中的任何一个都不是你想找就可以找得到的。两者取其易，还是老老实实把工作找到吧，没人会喜欢连工作都找不到的男人的。"

我身边也有很多和他情况类似的朋友，等到大学毕业时，才突然想到有恋爱这么一档子事摆在眼前，在象牙塔里它似乎可有可无，而一走出校门，想到水深火热的社会，形单影只的自己，才发现有个人在身边、在心里，太迫在眉睫了。

　　然而，爱情绝不是你想有就能有，也不是你想努力多久就能按计划获得正果的，它是一场持久战，是一堂需要日常习得的必修课，是一件和考学、实习、找工作一样必须有意识地装在心里的事。

　　听惯了"一见钟情"的少男少女们，对爱情一直抱着"等待"的浪漫幻想，设想什么都不用做，只需要听从上天的安排，在合适的时间、合适的场合，遇到一个合适的人就够了，没有遇到，只是天时地利人也不和而已，放宽心，慢慢等。如果十七八岁的男生女生抱着粉红色的心态来期待，还情有可原，毕竟人家要的只是姿态和味道，是过过动心的瘾而已；倘若过了二十岁，甚至到了二十五岁之后，还依然觉得"爱情是等来的""我之所以嫁不出去，是因为没有遇到合适的人"，那就真的太天真，太活该嫁不出去了。

　　情场不亚于竞赛场，对手都在有意识地每天训练，甚至参加夏训和冬训等集中训练，而你却只在脑中清晰地记得比赛时间，连训练的意识都没有，被其他人甩下就成了分分钟的事情。

　　有时，我一点儿也不同情"剩女"，因为对于有些女生而言，不是她们找不到合适的，而是她们在之前的很多年里一直在此处偷懒，该做的功课都没有做，现在要考试了，就开始变得急不可耐地瞎忙乎了，一点儿作用也没有。我身边有两个姑娘的例子，形成了鲜明的对比。

媛媛研究生毕业时，既没有找到工作，也没有找到男朋友，甚至一次恋爱都没有谈过。但是朋友在一起聊天时，她每次都发表一系列关于"渣男"的言论，按照她的统计数据，男人出轨的概率简直是百分之百，我们无从分辨，到底是她从没有谈过恋爱，所以才会有如此的理论，还是先有了这套理论，就再也不敢去谈恋爱了。

有一次，大家聚会时，有朋友带去了新朋友毛毛。媛媛一听说和她同龄的毛毛已经结婚了，并且丈夫是一名军官时，两眼放光，紧紧抱住毛毛，高声喊着："你就是我的榜样，以后我要每天都和你联系，向你学习。"毛毛吓得不轻，完全云里雾里，媛媛按捺不住狂喜说："我这辈子的梦想就是找一名军官做男人。"这次是全部朋友都吓着了，赶紧求解释，她高昂着头，以一种发现什么秘诀的口气说，"据我统计，出轨这件事不会发生在军人身上，我太聪明了，简直是一招解决所有问题。"还没等我们反应，只听她问毛毛："你怎么认识你丈夫的？教我一招。"毛毛不急不慢地说："我们从初中就认识，他是比我高一级的学长，虽然直到大学才确定关系，但算算认识他也有十几年了。"

"十几年"这三个字，轰炸了我们每个人的脑袋，当我们还沉浸于两个人的长情时，听到毛毛对媛媛说："找军人当然是好，但是也不是所有的军人都能做到不出轨，毕竟他们也是男人。更重要的是，找军人千万不能只凭别人介绍，要长期相处，才能确定，毕竟这个职业有特殊性，生活方式之类的很成问题。"大家都对"不能只凭别人介绍，要长期相处"这一点赞同不已，确实如此嘛，但对于二十九岁的媛媛来说，简直要了命，她辛苦寻来的秘方，却被老中医告之并不能根治疾病，并且需要长年累月服用，一向怕麻烦的她，怎么能受得了这些？

是的，媛媛就是一直怕麻烦。大学和研究生都在很普通的大学读，没有什么科研压力，也没有去做过实习，有大把的时间可以去谈恋爱、培养感情，她却都放在宅在宿舍、吃喝玩乐上面了。如果在这七年中，拿出十分之一的时间在恋爱这件事情上付出和行动，二十九岁的她，就不会过得如此糟糕和狼狈，甚至如果做得好，也可以在聚会时，很硬气地说："我和男友谈了有将近十年了。"

爱情当然不可以用时间长短来评价，但是却可以用花费在恋爱上的时间长短来评价你这个人，是觉得爱情可有可无，还是觉得它是自己要切实地去追求的事物。

爱情这场必修课，其实很公平。你日常中在上面花费了多少工夫，最后的成绩也会与之成正比。丢掉那些天花乱坠的幻想和浪漫主义的腔调吧，姿态摆得再好也无用，伸出手，能够牵住一个人，才能感受到贴心贴肺的温暖。

女人以各种姿态去爱，而男人已麻木

很有意思的三个小片段。

第一个姑娘说，她爱上了一位已婚男士，他在她最需要帮助的时候，给了她莫大的支持。她知道这份感情不会有结果，也不会被社会道德所接受，但她心甘情愿地接受和他的关系以及他的关心。只不过，最近两个人之间发生了一点儿误会，他对她非常冷淡，姑娘觉得委屈和难过，然后问我：在现在这个节点，选择放下，安静地不去打扰是不是最好的结局？

姑娘，当然不是最好的结局。最好的结局是两个人最初暧昧的时候，就斩断情爱这条线，即便没有他的帮助，你会过得很艰难。通常来说，最艰难的一段必须你一个人度过，所有在这个时候给予你巨大帮助或者"转折性"帮助的人，其实未必是对你好。因为这个时候，一旦帮助了你，和你之间就形成了一种"捆绑"，之后的一切都将与这次帮助有关，是你在把选择权拱手相让，让对方有了可乘之机。

《道德颂》里面有一条人物线，也是一个未婚女人和已婚男人的故事。之前各种甜言蜜语、赤诚相见，等到女人怀了孕，因为是双胞胎，更不想要堕掉时，男人反咬一口，对女人恶言相向，两人反目成仇。女人以为告诉他太太，会让他得到惩罚，结果是太太站在他这一边，联合对抗这个女人，根本不会有"家庭大战"产生。这个故事与其说悲观，不如说现实，所以一旦有姑娘给我说和已婚男人的故事，我都会让她去读这本书。倘若你不相信，可以赴汤蹈火去试一番，等到余温已冷，记得再回头来看。

和已婚男人谈恋爱的姑娘，无论外表多么汉子，事业多么的成功，内心一定是有超强依赖性的，一直在"靠"男人，在两性关系中，放得很低，迎合是最日常的状态。尤其是这位姑娘，即便在选择放下时，依然用的是"不再打扰"这种自己要低到尘埃里去的词语。这种女性，即便是在正常的关系中，也不会有很高的幸福感。

依赖犹如毒虫，只会让人越来越淡薄，手中拥有的东西越来越少，长此以往，最终只能贴着对方，才能"立"起来。良好的或者说优质的爱情，一定不是依赖的，而是各自生长，在一个园子里，一片土地里，你知道你们的根是在一起的。别攀附在对方的藤蔓上，否则要么都死，要么对方为了自己的成长，把你甩掉。

如果第一个故事是关于一个姿态"低"的故事，那么，第二个故事，是关于姿态"高"的故事。

好友问我：一个很有脾气的人，跟另一个很有脾气的人谈恋爱，该怎样相处呢，总感觉是一方会付出很多呢。我知道她真正想问的并不是两个"有脾气"的人如何相处，而是在恋爱中，两个"高姿态"的人如何相处。

我告诉她说，在我的经验中，我是尽量压低自己脾气的一方。但我并不因此觉得自己付出得多，也不觉得自己委屈，因为两个人相处就是互相调适，你倘若在脾气方面做了让步，他在其他方面也会有让步。谈不上谁付出得多，谁付出得少，双方只要都在努力往平衡点去调适，就是平等的。

姑娘进一步问：倘若女生付出得多，男生应该能感受得到，并且会做一些小小的改变吧。我斩钉截铁地说：不，不会，两个人一开始相处的模式，基本上就决定了一直相处的模式。所以一开始，就只做好自己要做的部分，不过多干涉，更不要把自己放得很高，以为自己有能力驾驭两个人关系的指向，有能力引导对方去改变。永远记住，你再强大，也只是你一个人的事情，而恋爱和婚姻，始终是两个人的事。这也是改变对方的念头之一，虽然是用付出行动的形式。

第三个故事呢，是一个男生的来信。他说自己谈了好几次恋爱，每次都能相处得很好，但如果对方要提出分手，他会做一下挽留，不会死缠烂打。现在恋爱谈得多了，经历的事情多了，整个人会变得麻木，会有动心的女孩，过一段时间，就没有动力去追求了。

看到这段文字的时候，我想了很多从各个方面进入这个问题的方式，都蛮有说服力和解释效果的，但我最终决定什么都不去剖析，就这样展示，展示一个男生在恋爱时经常会有的心理状态。我认为这个男生的情况并不特殊，甚至是很多男生都会有的心理状态，只不过很多人放在心里，不说出来而已，倒显得他的情况特殊。

女生会觉得很惊讶，还有些后怕吧，怎么男生面对爱情会这样潦草，甚至变得麻木呢？我的邮箱里躺着的无数有关情感的来信中，有一半是处于恋爱中的女孩子抱怨说：刚刚恋爱时，男友对我超级好，可是现在，一两年过去了，感情变得乏善可陈了，一点儿激情也没有了。已婚的女人也会迷惑不已：一天说不了几句话，性生活简直没有，甚至两个人异地，我带着宝宝去他那里看他，他都会觉得麻烦。

我经常说：一旦牵涉爱，女孩子就像打了鸡血一样，始终热气腾腾、激情满满，即便到了五六十岁，也能浪漫到不行，因为女孩子就是情感动物呀，浑身散发的都是温柔、热情和疼爱，似乎女人的一生，最重要的主题就是"爱"；而大部分的男生呢，所理解的爱情和女生完全不同，他们是更具体的、乏味的、实际的，爱并不是他们人生最重要的主题，所以总会分神，跑到自己所迷恋的其他领域钻研一番。

这真是个悲观的结论，影视剧中的那些"天生一对"哪里去了呢？但我不觉得是悲观，反而觉得就是真实——男生和女生本就是两种思维模式的动物呀。那么，在这种情况下，我们能做什么呢？

这也就是今天这三个故事，带给我们的答案：按照女性的思维方式来要求自己，姿态不能太低，也不要太高，让自己舒服，觉得平等，然后尊重并理解男性的爱情思维，别自我臆想，更不要妄图横跨两种模式。上帝既然这样安排亚当和夏娃，自然有它的目的，仔细体会，会发现其中蕴含的人生况味。

【和蓑依聊聊天 4】

你那么"好"，为什么还单身？

@one 先生：

蓑依，你好。

一直很喜欢你的文字，因为说出且说明白了我心中的想法。

时常觉得自己是一个灰色的天使，所有人都看到了我的善良，我却始终没有获得自己的幸福——二十五岁，一直单身。

肯定会有迷茫，但又不能草率否定自己。不过，还是觉得努力得有些心累，所以自私地希望还能多多看到你的文字，固然，我也会慢慢领悟。

@ 蓑依： 谢谢你的喜欢。但是现在最重要的是赶紧找个女朋友啊，这比什么都重要！

@one 先生：哈哈。找女朋友，一直努力未果呀。据说，是情商过低的缘故……哎……能给点儿建议吗，蓑依？

蓑依很想了解他更多的情况，于是，默默地点进他的微博，第一时间看到了这样一篇他自己写的文章《"想"恋爱，但绝对不能在"想"象中》，内容如下：

昨晚做了一个很奇怪的梦，似乎我没有用任何心思，就和一个女孩在一起了。

印象中，似乎女孩子还有一点儿像高中的同学 XX，挺漂亮的。然后，就不是记得很清楚了。

我明白，唯心有所求，才会梦有所指：

绝对不能让追爱，在自己的想象中。

想象女孩子会喜欢认真的人，

所以"我"努力学习，力争前列；

想象女孩子会喜欢懂音乐的人，

所以"我"学习弹唱，用心演绎；

想象女孩子会喜欢正直的人，

所以"我"乐于帮助，诚实做人；

想象女孩子会喜欢跳街舞的男孩，运动型的男孩，

字秀气的男孩，懂生活的男孩……

一直都在想象：其实，"我"怎么可能是如此多样的"我"呢？

或许，女孩子喜欢的是那种锻炼的男生，

望着他大汗淋漓的背影，会有一种莫名的倾慕；

或许，你也努力运动了，也流汗了，

但，

你的背影，在她看来，可能依旧只是纤弱罢了。

不如，

跳出自己的想象！

总有一天，自然地，不用切求地，

有一个女孩子，

不再需要倾慕你的背影，

而是，

比肩，跟你跑在今后人生的跑道上……

爱是相伴，不是吗？

——哪儿来那么多的附加呢？

【蓑依答复】

亲爱的 @one 先生：

首先谢谢你对我的信任。

我想现在比较困扰你的问题回归本质应该就是一句话——"我这么好，为什么还一直单身？"别笑，不要怕因为说自己好而会让别人觉得你自恋。我很欣赏你说"所有人都看到了我的善良"，你知道吗？有很多我们通常认为的"好人"并不知道自己好，而且有些众人口中的"好人"还会觉得特别自卑，在他人面前抬不起头来，反倒让那些所谓的"坏人"不知所措起来。

"80后"的成长观念中也是缺乏鼓励式教育的，老师和父母看到的多是缺点，而优点只是一带而过。而在你这里，你看到了自己的优点，并且勇敢地说出来，甚至在你的字里行间可以感受到你是一个非常真诚和踏实的男生，这种美好的感受是让我愿意和你探讨这个问题的前提。

如果继续谈下去，我们就要分析一下这个"好"的具体含义了。如果我理解得没有错误的话，你的"好"主要体现在道德层面上，你善良，你踏实，你对自己有要求，你对爱抱有很单纯的期待和美好的想象，这是"好"，但这也只是"好"的一部分。

其实，我身边有几个和你一样的朋友，他们都是人品非常好的人，很地道，让人觉得和他们做朋友舒服极了，但是如果做恋人，那就是另外一种感受了，至少不会是完全的舒服。

究其原因，我觉得你的朋友对你的评价也许是中肯的——情商不如"道德商"高。所谓的"情商"，说白了，其实就是"好"的另一层含义，即"坏"，这种"坏"不是去做违法犯罪的事情，不是蛮不讲理，而是用一种含有技巧性的东西来曲折地，而不是径直地表达内心的爱和善良。它的前提一定是真善美，在此基础上再加上一些技巧性的修饰，才称其为充分的"好"。道理很简单，我们看一件衣服很美，就算是它的设计再别具匠心，它的材质也要是好的才行，但倘若它的材质再好，没有任何的设计，就一块布摆在那里，也好不到哪里去吧？

纵观你写给我的信，其实就是缺少了那么一点点"坏"，你的"好"太笨重了，用点儿"坏"让它变得轻盈一些，你舒服，别人也舒服，尤其在谈恋爱这件事情上。我们女生总爱说一句话："这么好的男生只适合做老公，每天茶米油盐过小日子；而这种坏坏的男人，哪怕是有些屌丝气质，也适合谈一场浪漫的恋爱。"女孩子爱浪漫，说白了，不就是爱不同，爱特殊，爱"好"里面的一点点"坏"吗？

如果做到这一点点"坏"，尤其对于一个从小就很"好"的人来说，的确不是一件容易的事。当然，看书阅读是一些途径，包括一些言情小说，我也不觉得它很 low，我倒是觉得会对你有帮助。我爱说"言情是女人的内分泌"，而男生看一些这方面的东西也是不错的。

包括我现在一直强调的一个理念：爱情是一门功课。有时，我们真的把它想象得太简单，太自然而然，太随心所欲了，反而得到的结果不那么好。我甚至觉得一个人应该系统地去学习"爱情"这门课，通过各种途径，让自己起码了解，只有了解，才能去行动，靠着自己的凭空想象来谈恋爱，可能结果会好，但有可能没有质量。所以，不要觉得自己看爱情方面的书籍，比如陆琪的书、蔡康永的书觉得 low，每个人都有长处和短处，也许有些人天生就是调情高手，就不需要这些东西，但有些我们短板的东西，虽然在他人看来可能不高端，但只要对我们有用，就拿来狠狠地吸收。

通过各种书籍是一个方式，另一个更为重要的方式就是行动，多和人交流，不管是男生还是女生。不要让他们只觉得你善良，也要让他们觉得你有趣。蔡康永最近在《奇葩说》上，有一句口号"你可以无知，但不可以无趣"，毫不怀疑地说，有趣对女生来说太具有杀伤力了，这种能力的培养就要和很多不同行业、不同身份的人接触才行。

而且，在交流中，你可能也会发现，你"想象"中的很多事情都是不成立的，包括你在文章中想象的女生喜欢的男生类型，不一定真实情况就是这样的，行动永远比想象有力量、有用。只要你意识到自己的问题，并开始慢慢做出改变、做出行动，我相信你自己会找到属于自己的一条成长之路，别人无法给你规划，但你自己会找到的。

当然，"行动"的核心是你要开始要求自己去"找"女朋友，而不是"等"女朋友。二十五年一直单身，虽然你可能会说是因为缘分未到，而我觉得很大一部分原因是你可能属于等待型的人格，期待有女生喜欢你，而你却不会主动出击。

我相信你也有喜欢的女孩子，到现在这个年龄了，如果可以，一定要尽量摆脱单身的状态，如果你之前已经有过恋爱经验，或许还可以再等等，但如今，真的不要再等待了。缘分很少是等到的，大多数是内心所向而找到的。

其实，我一直想问："一直单身的你，事业成功有何方法？"这一个反问就足够了，不需要你回答，不需要做解释。

之前，有位女孩子在微博上给我留言，问我大学时该不该谈恋爱，后来，我写了一条微博做了回答："没有该不该的问题，但如果遇到合适的，就不要拒绝。谈一场不用考虑结婚、工作、买房的爱情是一件千金不换的事。爱情对人的打开和唤醒的力量，在年轻时最为有力。如果你觉得谈恋爱会阻碍你对未来和梦想的追求，那是你的能力问题，和爱情本身无关。总之，别错过。"

嗯。别错过。

嗯。你这么好，一定要幸福。

嗯。继续好下去。

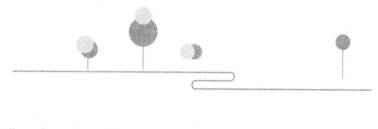

愿 你 特 别 凶 狠 ， 也 特 别 温 柔

第五章

二十几岁，开始认真经营自己

二十几岁，本应是一个熟龄的状态

我出版第一本书是在二十四岁。新书出来后，我做的第一场分享会是在我的大学母校。当时，请了我非常敬仰的一位媒体人、作家，同时也是我的校友王开岭老师来做我分享会的嘉宾。分享会结束之后，学校老师和我们一起吃饭，席间，各位老师对我不吝赞美，基本上都围绕着一句话"这么小的年纪，就写出这样的文章，太厉害了"。

我对所谓的"赞美"和"褒奖"从小就有一种无所谓的态度，因为觉得无用，倒是对批评有一种很急切的渴求，但在那种场合下，我也只能面带微笑，对各位老师说："谢谢老师的鼓励，我会继续努力的。"其间，王老师几乎没有对我做出任何评价，我隐约觉得他应该有话要对我说，只不过现在还不方便而已。

果不其然，饭毕，王老师把我叫到一边，在一个乱哄哄的餐厅的过道里，对我讲了一句话："二十四岁，本应该写出更有深度的文章。"这句话，他一说出口，你知道吗，我特想立刻拜他为师。

或许有老师可以告诉你写作技巧，或许有编辑告诉你畅销秘诀，但只有有才华的长辈，才会告诉你，你的深度应该在哪里。他的一个理念，深深地震撼了我——这个时代都晚熟，连作家也是，你看之前的时代，在二十几岁，基本上都已经在自己的领域到达了顶峰，成了大家，而现在，随便写几篇文章，大家就都觉得了不得了。

他对我是"不满意"的，而这种"不满意"，让我看到了自己成长的空间，我会一辈子都记得。

某天，听广播时才知道，许知远在写《那些忧伤的年轻人》时，也才二十四岁。现在，在我的书架上，我的书和这本书是放在一起的，紧紧贴着的，我故意这么做，为的是展示给自己看：你和许知远的差距在那里，更不要说是一些更伟大的人物了。这个距离和"深度差距"不是说所涉及的面、所探讨的问题有多大，而是看问题的角度和能力在哪一个层面上。

外界评价蒋方舟是"天才少年"，不，一点儿都不天才，她才算是"正常"的，只是我们这些人"不正常、晚熟"了而已。倘若你在几岁、十几岁的时候，一直都有阅读的习惯，等到二十出头，一定会有某种程度的勃发，会呈现爆炸性的状态，是符合成长规律的。

其实，小蒋同学是很容易被人找到踪迹和脉络的，从她的文章里面可以看出，她的精神导师、精神轨迹是怎样的，都是一点点地学习、一点点地积累培养起来的，绝不是从天而降，而是一砖一瓦筑起来的。

当然，一个人的成长是多种因素影响的结果，社会因素，包括教育体制等都会产生作用，但不管怎样，我们都应该清楚地认知自己现阶段的定位：我们本应该已经足够成熟，有足够的见识和涵养，有独立判断和成长的能力，应该要为自己的人生负责了。

不要随意挥霍自己的二十几岁，在迷茫和不知所措中焦虑不已了，再往前几十年、几百年，二十几岁的人早已成为社会的中坚力量，也把自己的人生上升到一个高度了。

我的邮箱里静静地躺着无数封邮件，标题大致都是一样的："帮帮我""请给我一个答案""迷茫的青春"等等，它静静地躺着，如同写这些邮件的人，暗淡无光、没有活力的生活。都是二十几岁的年轻人，没有自己的精神世界，对物质有极大的热情却没有能力得到，全部的生活都是琐碎的点点滴滴：父母给我安排稳定工作，可我不想要；我至今没有谈过一次恋爱，是因为我是一个不愿将就的人；我不知道该做什么工作……

你知道吗，每次在我从一摞书卷之中抬起头，打开电脑，想要休息，却紧接着看到这些邮件时，真有一种天堂和地狱之感。我知道每代人都有自己的迷茫和忧伤，但它们不是生活的全部，你需要在你能为之改变的地方着手。

中国的高等教育越来越普及，上大学的人越来越多，可笑的是，灵魂没有重量的人却越来越多。这种"可笑"中，也包括我的自责。很多人抱怨说"鸡汤"只鼓励你，并没有告诉你成功或者变得优秀的途径。可是，一旦最本质的东西说出来，你依然没有办法做到，或者认为依然只是"鸡汤"，如果你想人生舒展，过成自己想要的生活，那就从建立自己的精神世界开始，一个空洞的、乏味的、世俗的脑袋，无论在怎样的时代、什么样的环境下，都不会导向优质。

本应熟龄的你，看看自己，是不是觉得此刻的自己荒唐而不为自己负责太久了呢？

外界越喧嚣，越要守住根

一个人读过多少经典，在某种程度上，决定了他人生的厚度。

最近一段时间，开始对手机使用时间进行管理，除每天看电影的两个小时之外，随意刷屏、聊天的时间控制在一个小时之内。要做这件事情的起因是多方面的：首先是，有段时间频繁地使用手机，以致每天都头昏脑涨，不清醒，加之长期面对屏幕，眼睛很不舒适，就越发显得没有精神；其次是，我发现手机的使用正在影响我的思维方式、阅读方式，当我拿起一本名叫《后现代的状况》的书时，竟然看了一两页就看不下去了，而在以前，这种大部头的理论书读一上午一点儿难度都没有，专注力以及思考力急剧下降，这让我非常后怕。

我并不是一个"科技退化论"者，我不排斥手机、网络等科技产品，相反，非常欣赏它们给生活带来的翻天覆地的变化，曾经也"鼓吹"年轻人可以在网络上学习，利用各种平台了解信息，扩大视野，刷新认知。

也许是随着心智的成熟，也许是因为视野的开阔，我会尽可能地减少手机的使用量，重新回归传统的学习和思考方式，向经典而非流行致敬。

有一天，我听了一个知名的自媒体人做的一场关于微信运营的分享会，他提出了很多有趣的观点，其中提到了四点有关学习的忠告，如果在以前，我可能会频频点头，但现在，我觉得是"把戏"，是"面子"。

第一点是他觉得每个自媒体人都应该养成一种资讯饥渴症，也就是说你要对资讯好奇、有热情，有了解的欲望；第二点是坚持阅读不同领域的杂志，虽然传统媒体现在有衰弱的趋势，但他们对出版的严格而专业的把控是网络媒体不能比的；第三点是每天阅读五十个朋友圈文章标题，学习如何才能更醒目地吸引人；第四点是坚持用 iPhone6 拍照，培养自己的美感。

其实，我之前也听过很多这方面的报告也好，分享会也好，也和一些自媒体人有过交流，每个人似乎张口都能谈一些所谓的细节上的专业，第一次听的人会觉得很新奇，但听得多了，也基本上都是大同小异，除此之外，你会发现它们都非常虚，都是皮相。

资讯饥渴症是个伪概念，很多时候你根本无须对资讯有热情，信息都会铺天盖地地将你包围，想躲都躲不开，而且，资讯饥渴症真的是有效果的吗？如果只是知道一些皮毛而不做相关的分析，进行深入解读，就不会转化成自己的东西。

坚持阅读不同领域的杂志是一方面，但是杂志也是媒体的一部分，它也需要博人眼球，引发购买力，现在市面上看到的好多杂志都是商业性远远高于专业性。

以为每天阅读五十个朋友圈文章标题就可以学会如何写标题吗？哪一个文案大师不是跨多个领域修炼而来的？想学一样东西就去它的源头学起，而不是从结果入手模仿。

如果用手机每天、每小时拍照可以培养出美感。那世上再不会有山本耀司，也不会再有画家这个职业。

世界越丰富多彩，越需要我们守住那点儿根，而我认为的根就是经典，经典的文学名著、经典的绘画作品、经典的设计、经典的音乐。

有个朋友跨界来从事写作，明显可以看出文章只是虚有其表，各种藻饰和二手材料，没有自己生产出来的核心点。一切优秀都没有那么简单，作为写作者来说，读一流的书，才有可能写出二流、三流的文章，倘若你只读二流、三流的书，根本是写不出文章来的，即便写出来，也只是字数的累加而已。

真正的生产力一定是来源于一个人的内里，别人看不到的地方。有人问第一季"奇葩说"的冠军马薇薇怎样才能学会像她一样辩论，马薇薇的回答让我觉得她会走得很远，她说："辩论真正考验的不是技巧，而是你的知识结构。"

知识结构一定不是随便读几本畅销书，整天翻各种杂志，浏览无数的头条建立起来的，都是花费巨多的时间和精力来"啃"那些经典但难读的书建立起来的。

作为二十几岁的年轻人，你在很小的时候倘若就读过很多经典，那么真心羡慕你，也希望你能好好挖掘这块宝藏，让它为你所用。对于大部分人来说，经典的东西很少接触，一直浸泡在流行、畅销趋势里，那没有关系，只有真正体会到了劣质东西的乏味，才会对优质的东西有更激烈的渴求，从现在开始，安排更多的相处机会给"经典"吧。

我不认为流行的、畅销的就是劣质的，只是希望每个人都能扪心自问一下：你的身体里有没有一种结构，或者说一处活泉，能支撑你有力地活一生？

变好是一个人的事情，和他人无关

成为更好的自己，变成更优秀的人，从来不需要理由，它是一个人自我更新系统的自然分泌，是积累到一定程度就会有的渴望，和饿了就想吃，困了就想睡一样，没有目的，成为日常，才算完成了真正的接纳，构成了自身的一部分。

蚊子姑娘和男友相恋八年，从高中到现在，五年的异地恋也没能让他们分开。她以为两个人可以一直这么恩爱地走下去，很少有争吵，彼此鼓励，不可能有第三者插足，没有比这更岁月静好的爱恋了。但是最近两年，她突然觉察出了有什么不对的地方，两个人的关系虽然依然稳固，表面相安无事，可内里，却不再平衡。

男友从一个青涩的男生似乎转眼之间就变成了特别优秀的男人，她能感受到在他身上产生的巨大变化，她对他的爱中多了很多的崇拜之情，与这种"成长"形成对比的是蚊子姑娘的"停止不动"：还像在高中时一样依赖他；做事粗心、不坚定；与人相处太过直来直去，不考虑后果；身材不好，一直嚷嚷着减肥，却又管不住自己的嘴；被夸奖就高兴，被批评或者听到一点点逆耳的话就生气……一直对自己说要改变，男友也会在一边激励她，但还是做不到。现在，她觉得越来越配不上男友了，很害怕失去他，变得越发不安。

蚊子说了很多自己的缺点，大多是些很小的点，但我知道，她的不足肯定不仅仅是这些，在这些看似小事的背后，肯定有更深的问题所在。蚊子在和我聊天时，我第一眼就看到了她在社交软件上的头像，是一对卡通人物，上面有三个大字"秀恩爱"。我是一个偏向于从细节观察人的，当我第一眼看到这个头像时，我就知道这姑娘一定是一个非常具有依赖感的人，而且因为依赖，同时也没有了安全感，也就是说她的安全感是建立在依赖基础上的，而她本身也自知依赖是不安全的。

蚊子今年已经读研究生二年级了，但从她所说明的问题来看，和初中生、高中生没有多大差别，情商还停留在八年前。我当然可以找出很多理由为她解释现在的情况：你一直在男友的呵护下成长，被他保护得很好，没有经历过很多痛苦，所以"长"得很慢；或者男性在二三十岁是事业发展的快速期，在这段时间内有飞速的变化是正常的，女性就很难做到，这是两性之间的差异；或者你其实也在慢慢变好，只不过你没有发现而已；更或者因为你们长期是异地恋，他其实是不能经常性地陪在你身边的，所以你没有一个真切的比较的感觉，以致等到他变化到非常惊人的时候，你才发现。

但无论如何，上面所说的都是理由和借口，现在面临的真实情景是：你觉得自己配不上他了，这几年来，你自觉并没有变好。你问我该怎么办才能变成更好的自己，无数的人写信问过我这个问题，我基本上都不会回答，也不能回答，而现在，面对你的事情，在我不能给出具体建议的前提下，只想和你探讨一个问题，变好是一个人的事情，必须发自本心，和任何人都无关。如果你打着为爱人、亲人变好的旗号，或许暂时会有作用，但并不能形成持续力。

不能否认，同频的恋人才能最终走到一起，如果中途另一个人偏离了轨道，基本上都会就此中断，无法前行，在我看来，这甚至要比第三者插足还要来得严重。蚊子姑娘上面所提出的诸多不好，事实上，和男友毫无关系，很多都是她自己的问题，如果没有谈恋爱，她依然会这样。

　　抛开男友，如果生活中你是蚊子的同学，多半不能愉快地相处吧，从说话直来直去到一夸奖就高兴，一说几句不好听的话就生气，换作是我，我不可能和这种女生做朋友。也就是说首先你要意识到所有的问题都是你自己的问题，问题由你而来，也必须由你来解决。倘若你的所想所虑都和男友捆绑在一起，那你们永远不在一个频道上，他永远在前，而你一直在后面跟。

　　我有一个被非常多的人称赞为"正能量"的群，几个核心成员在这一年时间内的改变，我完全感受得到。很多人说是因为我才结识了那么多优秀的人，而我真真切切地觉得是因为她们本身都有非常强的变好的欲望才能聚在一起，是"心想事成"，而不是随即带动。几个姑娘没有一个人是因为感情、因为工作、因为各种奖金在努力，都是在简简单单地想要看到自己更好的样子，因为她们从来都不知道更好的自己是什么样子的，不知道非常努力地做一件事情后到底会有怎样的结果，她们想要试、想要坚持、想要看看之前不能看到的风景。

　　意识到变好是自己的事情，而和他人无关，是一个非常漫长的过程，也是一个解除所有依赖的过程。和男友捆绑在一起，只会加深这种依赖，先让自己成为一个独立的人，再去体味自己真实的样子，才能找到内心的动力，而不是外界给予你的压力。

界限感，让关系更舒适

有朋友建立了一个作者和编辑的交流群，每天大家都在里面各种"勾搭"，互相熟稔。某天，某位姐姐突然在群里发了一条信息，大致是说自己已经结婚，有孩子，有车有房了，希望大家不要找她闲聊。大家都心领神会地为她的"直白"点赞。

因为都是一个行业里面的，少不了会想要有一些合作，这个时候，有些编辑可能就会采取先和作者闲聊的方式开始，慢慢深入，观察是否有合作的可能，而有的编辑直接上来就谈合作，相比较两者而言，我更能接受后者，了解一个作者是在合作之前编辑自己就应该做的事情，闲聊来闲聊去，很可能会浪费彼此的时间，加之有些话题不方便交流，便会让人产生不适感。

　　每个人都有一个舒适的范围，一旦有人越界，和你格外接近，你就会感到不适。有位女性朋友曾经表示想和我合作，我暂时没有答应，她便每晚给我发"晚安"，直到有一天，我很不耐烦了，便直接对她说："是为了工作，还是怎样？如果是为了工作，大可不必，这样会对彼此都有很大的压力。"她很抱歉地说："真不是为了工作，只是想交你这个朋友。"已经过去很久了，我们的确成了很好的朋友，虽然也没有合作，但都为能够认识彼此而开心。

　　云里雾里的状态看起来对人没有伤害，但最终的伤害却是最深的，因为每个人都在这段关系里花费了时间和精力，等到最后，才发现有人隐瞒，有人伪装，根本没有任何值得交往的可能性。还不如就实话实说，尤其是在合作领域，坦诚自己的想法和顾虑，不用虚与委蛇，说不定，会产生更奇妙的效果。

　　其实，在感情中也是如此。经常有女孩给我留言说一个男生和她暧昧很久之后，才坦诚自己有女朋友的事情。虽说这样的男生不值得原谅，但对于女生来说，也是没有把握好界限感的失误。

　　如果一个人没有界限感，别人就会很容易侵入，自己也就很容易受到伤害。那些经常唱《为什么受伤的总是我》的人，大约在这一点上都有很大的问题。

　　就算是在亲密的情侣关系、夫妻关系以及亲子关系中，界限也是让我们更舒适的很重要的点，它的基础是真正从内心尊重每个人的独立性，并不因为对方是自己的爱人，就无条件地全部拥有他（她）。无论你多爱他（她），多么想要保护他（她），他（她）也是独立的个体，必须有独属于自己的空间。

我非常喜欢的一部电影是《像风般自由》，可笑的是大陆翻译成了《水性杨花》。我超爱《像风般自由》这个片名，因为它才是恰如其分地诠释了影片的主题，是自由，而不是爱。女主角和第二任丈夫分手不是因为她水性杨花，只是因为她想要拥有自己的空间，发出自己的声音，但丈夫的母亲完全不给她机会，监视和批判她的一举一动，让她像只笼子里的小兔子一样老老实实，可别忘了，她本来是只豹子，是只狼，怎么可能被完全拘束，失掉本性？

在现实中，很多家庭也都有这样的情况，母亲是一家之主，凭借自己辛苦付出积累起来的微薄的资本，在家中"称霸"，把儿媳、儿子"收拾"得服服帖帖，不是母亲有多强大，而是儿媳、儿子并不在意界限感，觉得交出去就交出去呗，图个表面的幸福。等到哪天突然意识到不合适的时候，已经再无"翻身"的可能。

尊重他人的界限，不随便打扰和侵入，同时，也谨守自己的界限，不允许被剥夺，是任何关系得以维持的前提。

信任，比猜疑安全得多

人都害怕失去，尤其是珍贵的东西，所以想要牢牢抓住，由不得一点儿放松。然而事实却是，生命中太多的东西如同手中沙，攥得越紧，失去得越快。相反，给它一个更大的空间，让它能够自由呼吸，它会因为自在而不舍得离去。

记住，拥有东西的方式是让它离不开你，不能没有你，而不是你抓住它不放。

小安和男朋友分手是因为一个微博账号。在恋爱的三年时间里，她拿到了男朋友所有的账号和密码，不管是银行账号，还是百度账号，甚至某英语学习软件的账号她也有。刚开始男友宠溺她，便由着她的性子，要什么便给什么，更不要说社交软件了，小安每天都要登录，比他还要准时。小安也有自己的说法"我男友有一个特别不要脸的前女友，死皮赖脸地试图追回我男友，他不好意思直接拒绝，只能由我来做了，只要有任何一点儿她的风吹草动，我都得扼杀它，不能让她得逞"。

有一天，男友的某软件账号被盗，确认后，他赶紧换了密码。一个小时后，小安在家里登录，怎么也登录不了，她的第一反应就是"肯定是那个女人联系他，他偷偷把密码给改了，不让我登录"，于是，一个电话打过去，把男友骂了一通，骂他"忘恩负义""不知廉耻"。男友很生气，跟她解释不清时，也随口说了她几句，小安听到后，咬牙切齿地说："怎么样，恼羞成怒了吧？没做亏心事，你干吗这么心虚！"最后以两个人冷战一周告终。

一周之后，小安对男友的"账号"管理变得变本加厉，只要发现有女性给他留言，她直接就回复，大多数都是冷冷回绝。男友和小安商量，不让她干涉他的工作："你可以随时监督我和别人的聊天记录，但请你不要直接插手我的谈话，可以吗？"小安似乎也觉出了不妥，便停手了一段时间。

可是，没过一两个月，她的手又开始"痒"了，再次情不自禁地去参与男友社交工具的谈话，男友劝说无效后，只能想了一个法子——注册一个微博账号，让朋友们有事在上面直接和他聊，或者发私信，虽然不如其他软件那么方便，那起码可以保证自己独立处理信息。

有半年的时间，小安都不知道男友有微博账号，男友也不想告诉她。直到有一天，男友在家里工作完毕后，没有关电脑，小安又以"侦探"般的手法去他的电脑里看使用痕迹，痕迹的第一条就是男友的微博页面，于是，一场大战爆发。

小安气愤到不能自控，她完全不能接受男友竟然瞒她这么久，她觉得自己就像一个傻子，乐此不疲地在一个战场上和敌人搏斗时，却发现敌人已经转移了战场，太蠢了。就是这种"蠢"的感觉，而不是"欺骗"的感觉，让她提出了分手，并且没有任何商量余地。男友早就累了，看着也无法挽回，更担心如果继续在一起，接下来的事情更是无法控制，便也没再争取，利利索索地就分手了。

距离分手过去一周的时间了，小安来找我，问："我还想要和他复合，我很爱他，我舍不得离开他，我该怎么办呢？"遇到这种"自作"的女生，我暗自会翻出无数的白眼，是的，我很瞧不起有福尔摩斯般本领的女人，她得有多么无聊，多么空虚，才会把全部的精力都放在另外一个人身上？她又是多么的自私，多么的自负，才会这样去爱人？我们疼爱自己的宠物，都知道要每天带它出去透透气，更何况是一个人呢？

当一个人的社交全部被控制时，他活得还不如一只狗狗。不是比喻不恰当，而是现实就是这么残酷，当你把所有的多疑和猜忌都放在一个人身上时，在内心深处，你根本没把他当作人，而是当作了工具，给予自己安全感的工具。

有女人会说："如果不把男人抓得牢牢的，他们花心怎么办？"如果一个男人很专一，你不控制他，他也会控制自己；如果一个男人花心，那你就是把他整日绑在家里，他也有本事来和你家的任何一个女人调情。那倘若就是遇到了一个花心的人呢，要么你得有本事让他离不开你，你得有强大的吸引力，让他觉得外面的女人都不如你；要么就得他在外面栽了大跟头，坚决不敢再有什么动作；要么你认栽，谁让自己爱上一个这样的人呢？

可现实情况很多时候是，这个男人本身安全得不行，女人却非得给自己设想出不安全来，自己给自己制造麻烦，和小安一样。他在外面喝酒回来晚了，你会想不知他和哪个女人见面了；他不让你看聊天记录，就一定是他有见不得人的秘密；他经常出差，你会觉得肯定是不爱你了。

女人天生爱为自己树敌，爱嫉妒、爱猜疑，可是恋爱很大一个作用就是和这种习性相对抗，有一个你很爱的人出现，帮你去掉这些嫉妒、猜疑，让你全身心地享受爱，而不是去增强它，让它变得顽固。

倘若你不去猜忌，而是信任，男人自会有压力在身上，更不敢妄动。如同父母在家里把孩子管得特别严，孩子一旦走出家门，就会特别放肆，狠狠享受没有约束的生活。也可以想想如果同事特别信赖自己，那他让我们帮忙时，我们就会有压力，想着千万得给人家做好，不要辜负人家；而如果一个特别爱猜忌的人让我们帮忙，我们就会不怎么想认真对待，想着反正我们再怎么做，他都会以为我们根本没有用心，反正他会有各种猜疑。

这么多年里我的经验是：不管对爱人，对朋友还是对亲人，信任是第一位的，不管对方做了什么事情，我都相信他所说的。当然中间也会出现问题，但从更加有效的角度来说，猜疑不但没有用，还会驱使对方往相反的方向发展，而信任总能在最关键的时候，让事情变得简单。

我开始高调地热爱色彩了

遇见多年未见的好友时，她睁大眼睛惊呼："我都认不出你来了！什么时候，你开始穿得这么鲜艳了？"我心中一阵窃喜：这是我愿意的，被人以"色彩"辨识而不是容貌、气质等。因为于我而言，色彩在某种程度上疗愈了我。

早些年，甚至在读中学的时候，我只爱黑和灰，连白色都不能接受，整个人都是灰扑扑的。现在想来，多半是因为自卑，想要隐藏自己，让自己淹没在同伴之中，那是我那个阶段所认为的"低调"，并认为"低调是一种优秀的品质"。

而到了现在，拉开衣柜，从大衣、连衣裙到鞋子，随便扫一下桌面，从润肤水的瓶子、口红到发卡，再看餐桌上的盘子、瓷碗，再看床上的毛绒狗狗和小熊，全部都是鲜艳的、耀眼的、温暖的颜色。

包括我的内心，都开始有了色彩，变得温热，而不是之前的冷冰冰、凉涔涔。以前我很爱"苍凉"这个词，从张爱玲那里读到后，把它焐在了胸口，任谁也不能融化，一度成为我对待生命的态度，把它当作神祇一样供奉。现在呢，却与它对抗了，即便最终我或许还会屈服于它，但这之间的几十年，我把它当作劲敌，势必奉陪到底。

有朋友要采访杨丽萍，她问："你们有什么问题需要我问的吗？"我的第一反应就是，她这十几二十几年都居住在她的庄园，里面全部都是花花草草、鸟兽虫鱼，艳得不得了，尤其在四季如春的云南，整日都是花团锦簇、绿水相护，而她本人，也是一身色彩丰富的民族服饰相伴，所以，我想问：五十多岁的她，面对眼前的颜色，会有什么样的心情？

颜色是一种提醒，当身体开始衰老，而环境中的草木越发欣欣向荣时，会不会有种复杂的感受，或者说伤感。我知道这位"孔雀女神"很可能会觉得冒犯：因为年龄在她那里，和这色彩一样，没有年轮，只有生长。

村上春树那部著名的以"色彩"闻名的小说《没有色彩的多崎作和他的巡礼之年》中，只有主人公多崎作的名字是不带色彩的，他四个小伙伴的名字中都带有色彩，分别是赤、青、白、黑。按照村上君的阐释，多崎作没有色彩的名字就和他的人生一样，没有个性和特征可言，如温水般，寡淡无味。这一点儿的"关联"，是让我觉得感同身受的，当然是作为创作者的心理认同，在生活中可就不是如此了。

生活中，我会格外注意到名字里有颜色的人，观察的结果是，他们和名字里没有颜色的人，并无二致，甚至根本不会察觉出名字里面还有关于色彩的东西。这也就是文学和现实的关系。文学是一支戟，拿着它，当自己鲜血直流时，才会感觉到痛，进而认识到原来还有某种异样的东西存在。

同时，我高调地热爱色彩的时候，也是在直面一种青春的精神。不再认为人生的优秀品质只有低调，还有一种"舍我其谁"，还有一种"风华正茂"，甚至还有一种"咄咄逼人"，就是要张扬，有欲望，在人群中高声呐喊，竭尽所能地"做我自己"。

从"低调"到恰当地"高调"，其实，是一个自我确认、自我选择的过程，很漫长，需要用泪水和汗水给自己一些稳当的资本。

也许有一天，我还会喜欢上黑、白，但此前的经历会让我知道，这和返璞归真无关，世上无所谓"璞"，只有和每个成长阶段所匹配的"真"。

有些人讨论说"颜色是有等级的"，继而提出哪些是所谓的"高级色"，一笑置之，因为在我当下的认知里，只有撞色，只有混搭，只有纵情肆意地泼墨，我不要"高级、低级"，那是对色彩的不尊重。

有礼貌，但不过分拘谨

接到通知，要去开一场会有老、中、青三代编剧参加的会议，我内心有小小的抗拒。因为根据我的推测，我们这些年轻人到了那里基本上都是在做"端茶倒水"的工作，毕竟有那么多的长辈和师父坐在那里。也因如此，不可能做到集中精力参加讨论，总要担心这个人是否需要添水，那个人的扬声器是否需要调整。但没有办法，必须参加，也就硬着头皮去了。

参会的年轻人除了我，总共有九个人。一到会场，他们像是自然启动的"服务器"一样，穿梭在会场的各个角落，搬凳子、整理桌子、添置水杯，忙得不亦乐乎，我一看这种架势，内心没有一点儿想要帮忙的念头，甚至有些抗拒，我们用的可是五星级酒店的会场，花的实打实的钱租用的，列队在门口的服务人员至少有五个，我们做这些有他们专业吗？意义在哪里？只是想要表达尊敬吗？

　　有个男性服务员看我站在一边不动，尴尬地笑着走过来问我是否需要什么东西，我趁机问他："以前开会，大家也都是这样帮你们整理会场吗？"他搞怪地说："还不是因为这些老师在，不然，谁会帮忙？以前来过很多年轻人，长辈来之前都是各种聊天，长辈一来，马上每个人手中就都有了活儿，那一刻的场面，别提多紧张了。"他离开后，我找到自己的位置坐下，低头看手头的剧本，没有做任何事。

　　我本以为开场之前大家"帮忙"一下也就完了，没想到的是在会议讨论期间，也不断地看到同龄人穿梭在长辈面前添热水、送话筒。有时，你低着头正在准备提纲，就被身边人叫起来，他把话筒给你，你再给后面的人，这样依次传递下去，效率低到爆，以致服务员看不下去，直接走过来，帮忙递了过去，简单直接。

　　会议本来很有序地进行，中途所有的被打断都是这些年轻人在"服务"各种东西，甚至有老师在讲话，他们也会走到他的面前倒水，让他不得不停下来说声"谢谢"或者"不用"。

　　在我们很小的时候，经常被父母和老师教育要尊敬长辈，方式就是给他们让座，给他们倒茶，也就是用给他们提供各种服务的方式表达我们对他们的礼貌。可是，父母和老师没有教育我们的，或者说我们没有领会的还有另一种表达尊敬的方式，那就是不卑不亢，这是在一些场合下最基本的礼貌。

尊敬他人不仅仅是给对方一个合适的位置，也要给自己一个合适的位置，这样两个人的交流和相处才会舒服。

有点儿可笑的是有些年龄已经很大的人，依然做不好这一点。开会时经常会遇到一些五六十岁的人，在给主席、秘书长的作品做评价时，完全"劣质"地奉承，也就是说"拍马屁还拍不到点子上"，而对于一些仅仅是小有名气的作者的作品，则是满嘴的贬斥，看不到一点儿光彩。尊敬他人是一种素质，不是一种工具，不是你用来区分有名、有权之人和无名小卒的工具。

有时，我会觉得年轻人给前辈最大的尊重就是创造出有才华，让他们觉得欣喜的东西，而不是在各种细枝末节的服务事宜上下工夫。

有次开会，大家讨论了一位实习期记者的报道文章，讨论他的文章之前他一直在各种端茶倒水、跑东跑西，到了讨论作品的时候，他双手合十，给每位老师鞠躬，以至于很多前辈赶紧说"不要这样，年轻人，不需要行这么大的礼"，他也要执意站着听完老师的讨论，每次老师说什么他都点头称是，最后前辈们问他："你有什么需要补充的吗？"他摇摇头说："老师说的都是我最想说的话，我会积极改正的。"说实话，我在一旁观察他，感觉他所有的精力全都放在了和老师的眼神交流上面，生怕自己的哪个动作不合适，冒犯了别人。

我不是一个喜欢"赞同"的人，更期待"存异"。我期待营造出"对话式"的沟通，而不是"我说你听"的模式，这才是讨论真正有价值的地方。所以我会在没有一个年轻人发言的会议上，精心准备一个短小的发言，不是我爱逞强，不是我想要搞特殊，只是因为我觉得这是我来参会的核心和目的，分享我的观念，吸收他人的营养，而不仅仅是后者。如果你不表达出自己的观点，别人无法为你修正，你也无法在"输出"中获得成长。

我们当然要对前辈礼貌，尤其是有才华的长辈，无论怎么尊敬都是合适的。可是，礼貌毕竟是两个人之间的事情，在一心指向别人的同时，能否留一些真正的尊敬给自己？别集中心力做那些无用之事，让自己更有价值，学到想学的东西，才是对前辈劳动的尊重。

只是你的一厢情愿而已

一位姑娘说她们宿舍有两个姑娘从一开始就玩得特别好，相处过程中，她也渐渐发现其中一个姑娘性格、能力等方面都很棒，就想着和她做好朋友。这位姑娘觉得想要人家对自己好，那首先要对对方好，让她对方感受到诚意才可以。于是，她为那位姑娘做了无数的事情：晚上回宿舍晚了她会一个接一个地给她打电话，出去买饭也总不忘帮她带一份，就连上体育课都会为她多带一瓶水……

姑娘说："我没有别的意思，是真的觉得她人很好，想要和她做朋友而已。但没想到的是，我努力付出了这么久，遇到什么事情她还是和之前的那个女生商量，出去吃饭也基本不会喊上我，一点儿也不关注我，我觉得自己委屈极了，我还想和她做朋友，可一点儿都没有回报的结果，让我不知所措了。"

姑娘很着急，让我给她一个确定的建议，我的回复是：这多么像暗恋啊。当然我不是说姑娘在"暗恋"同性，而是这种相处的方式像极了爱情中的模式。

我喜欢你，我就要默默地或者惊天动地地为你做很多事，这种付出模式大致有两种结果：像言情剧的结局一样，对方知道这些后感动得一塌糊涂；或者像在网络中经常会出现的新闻事件一样，对方大骂你："我就是不喜欢你，怎么了？谁让你对我好的？你对我好，我就该对你好吗？我不稀罕你的好。"

在我看来，偶像剧就是偶像剧，它的威力永远不能和现实生活的残酷相比，人心是很奇怪的，它不能被规定按照同一个模式来感受，但同时，人心也是有共性的，那就是——每个人都需要被尊重。

对别人好，爱别人不一定就是尊重。有些爱和好，是有压力的，尤其在对方并不能接受也不愿接受的情况下，前者如一个男人有了家庭，而你却愿意为他放弃声誉、家庭甚至身体，赴汤蹈火地扑向他，他并不能接受你，因为现实不允许，也很可能是因为他并不真的爱你，只是你的一厢情愿而已。后者呢，我们做一个假设，倘若给我写信的这位姑娘不但脾气暴躁，而且经常在人背后说别人坏话，那么她口中的那位好姑娘定是不愿意接受她的，无论她对人家有多么好。

所以，这种判断会给我们两种启发：一是你对别人好，并不意味着你就很好，付出只是品格中的一种，不是全部。想要大部分人都喜欢你，那就先让自己变优秀，无论在哪个方面都能给人很棒的能量，没有人不愿意靠近你。

二是你对别人好，只是你的一厢情愿，别人有权利选择接受或者拒绝，这是对方的权利，和人品没关系，尤其在爱情中，每个喊着"我为他付出了这么多，为什么他一点儿都不心动"的姑娘不值得同情，更不消说这样的付出越多，你真正为别人付出的其实是越少，更多的是在为自己的臆想付出，单方面地让别人成为你的靶子，让其做你的陪练，是自私的。

真正有效地对别人好、尊重别人是在了解对方，也了解自己的前提下做出的以理性的方式对待他人的选择。

人生有时就是这么残酷，你一厢情愿地付出了全部，还不如另一个人眉眼传情来得天长地久。生活是没有逻辑的，每个人上场时，都不知道对方会出怎样的招数。如果自己花费了足够的心血还不能得到他的一点点眷顾，那我的选择会是离开，并尽可能地反思我在这段关系中应该得到的启发，无论是对个人还是整体的人性，而不是一直指着对方的额头说："你怎么那么没良心呢？"

放手虽难，却是成全

好友安终于和在一起四年的伴侣分手了，我不想说是"恋人"，只能说是"伴侣"，因为恋人只能存在于两个人的关系中，而他们是三个人，他在拥有安的同时，也和别的女人在一起。

四年前，遇到他的时候，安是相信自己会从那个女人手里抢过应该属于自己的爱情的，因为安漂亮、优雅，而且家境优越，有很棒的工作，一切都比那个女人优质。而男人也是偏向于安的，陪安的时间更多，会和安一起去旅行，和安在一起时，接那个女生的电话也通常是愤怒且不屑的。

安无数次劝说："既然你这么不喜欢她，为什么就不能痛快地分手，非得让我们这么偷偷摸摸？你没有结婚，完全有权利选择自己所爱的人啊。"每次他都会抱抱她，然后说："再给我点儿时间，我不想伤害她，毕竟她陪我走过了整个大学时光，我不能这么忘恩负义。"

我们这群朋友经常劝慰安说："放弃吧，说白了，这就好像是他结了婚，你是他的婚外情对象，而她是他的妻子。他不可能为你而离婚的。"谁知道，我们越是这么劝导安，安就会越发发扬她"倔强"的脾气，咬牙切齿地说："呵呵，我怎么能输给那样一个要什么没有什么的女人？"安是见过她的，她却不知道安的存在。

那日，安翻看他的手机，找到一张他和那个女人的合影，发给我们看，骄傲地问我们："她像不像是发廊的洗头妹？"亲爱的安啊，即便她是发廊洗头妹，即便她是街边接客的姑娘，又怎么样呢？你所想要得到的男人就是不想离开她啊。

就这样过了两三年，安有一半的时间在和他吵架，有一半的时间又和他甜蜜不已。尽管三个人的父母都在催婚，安依然深陷"游戏"之中不可自拔。她虽然很爱这个男人，但在我们这些朋友看来，也肯定包含着一部分的"不认输"心态，她是要战胜那个女人的。

直到前不久，那个女人怀孕，男人醉酒之后告诉安，他要对那个女人负责。安才觉得天打雷轰，因为他说过无数次，和安在一起后，他就再也没有碰过那个女人，而且，他竟然想要这个孩子，并且为了这个孩子，打算结婚。这一瞬间，安做了四年的梦终于醒了。

去安慰失恋的安，她痛哭流涕地问我："我的人生是不是很狗血？我怎么可以和那样一个人渣相处四年？"其实，一点儿都不，安的爱情里，有我们每个人的影子。每个在爱情里面的人，都已经不是"正常人"，会做很多在其他的生活领域里面不会做的，也不敢做的事情。

爱情使人鲁莽或者说失去理智，这是爱情的一部分，但这不是它的魅力。爱情真正的好、真正的魅力在于敢爱而不犯贱，不作践自己，也不作践别人。在适时的时候，学会放手，学会浅尝辄止，才是成全。

成长过程中无数的事情都在告诉我们一个道理：这世上有太多东西，不是你想要得到，就能得到的，更不要说是作为复杂生物的人了。有些人你再喜欢，再想要得到，如果对方不给你这个机会，或者对方视你如备胎，那就果断放手。

我从来不相信有男人会从备胎里选择和自己相伴一生的人，备胎只能永远是备胎，成不了他人生的主角，因为在他们的心里，你容易"欺负"，你"忍辱负重"，他们可以不用负责任地去伤害你。

　　对于一个人渣或者一段错误感情的放手，是成全自己，是为自己好。不要去想说"我已经付出那么多了，为什么不再继续试试呢"，爱情不是看"量"，看你累积了多少时间和精力，甚至相反，你越是在错误的方向上长久坚持，结果就会越遭；也不要去想"我这么优秀，一定能让这个男人为我做出改变"，男人衡量女人的标准里，优秀从来都不是主要的因素，更不要说他会为你而改变了，男人是"利益动物"，他只会为自己的"利益"负责。

　　我能理解对于一段经营了很久的感情选择放手，是一件看起来很不人道的事情，是特别难的事。人和人之间一旦产生感情，再简单的事情都会变得复杂。可是，最终都是要分开的，为了能让对彼此的伤害降到最低，必须有一方站出来终止，尤其是女人，因为女人太过敏感和纠缠，把自己的害怕失去误以为是爱。

　　看到过一项统计，中国现在婚外情的比例很高，更不要说恋爱时有第三者的情况了，安可能只是百万分之一。切记，不正当的或者是错误的关系，最终带来的一定是伤害，如果你足够爱自己，足够为自己好，就亲手去裁断它，这是你建立新生活的前提。

我希望自己的偏执是有内容的

仔细想来，我所欣赏的人，都是具有偏执精神的。我不太爱和温吞吞、待人圆润、没有明显棱角的人做朋友。

哪怕一个月只卖出一件衣服，也一年一年亏本做独立设计师的叶先生，他说他就是想要把妈祖文化的元素融入自己的设计，终有一天，要做到国际舞台上。四年前，他信誓旦旦地说，没多少人相信，而今，他的衣服草图一旦出来，就被明星们内定，外人根本来不及看一眼。

刘先生爱写诗，并且就想以诗为命，期待它能养活他。五年前，我问他你的每月收入是多少，他趾高气扬地说："不到一千块钱，连自己都养活不了。"说得掷地有声，甚至让人觉得数额巨大。后来，无数次从朋友那里得知他的消息，基本都是"还是老样子"。然而去年，他一举获得多个大奖，国际国内的都有，得到丰厚的奖金之后，他做了诗歌杂志的编辑，每月几千块的收入，可以养活他了。

还有一个朋友，只要和朋友吃饭，中途一定一次手机都不看，即便电话打进来，也不接。朋友们都说"不介意"，他微笑着说"我不喜欢"；朋友都低头玩手机，他一个人不断地找话题，活络气氛。

有次，我因为有急事打他电话，两个多小时后，他才给我回复，我生气地质问他："你在这种事情上偏执做什么？"他什么都不说，而是问："事情解决了吗？"我知道他没有做出的解释，最终让他成了我们朋友圈里人缘最好的一位，没有之一。

不是说他们这些人最后都成功了，或者说取得了很好的结果，我们才来欣赏他们在某些方面的偏执和坚持，而恰恰是他们的偏执，他们不为所动的坚持，让他们有了现在。当然，不是所有的偏执都会有好的效果，只有有内容、有判断力、有自我认知系统的偏执，才算得上真正有魅力的、能起作用的偏执。那些无聊的、空洞的、盲目的偏执，只能带来可笑和失败。

小方姑娘说，好友去超市买东西结账时，发现少带了一元钱，便想着先让结账人员帮忙垫付一下，她一会儿再送过来。对方不同意，她回家后，一肚子的怨气，感叹人性冷漠，连一元钱都不愿帮忙，然后给好几个朋友打电话倾诉这件事，那些好友都站在她这边，她觉得自己对社会的认知对极了。就在这时，作为室友的小方，表达了她的看法：人家超市工作人员不帮顾客垫付费用是很正常的，他们是在工作，就应该在工作范畴之内办事。

姑娘瞠目结舌，质问小方："你怎么也这么冷漠？我不知道你原来是这样的无情无义之人。"于是，一气之下，便再也不和小方说话。小方困惑不已，问我她有没有错，我只简单地回复："你没有问题。"其实，我多么希望是那位好友去问一下她的朋友："我这样的认知是不是有问题？"我知道，那位姑娘，无论如何，都不会怀疑自己的结论的。

这是一件很小的事情，小到一元钱就可以解决一切；这也是一件很大的事情，这种认知上的偏执、狭隘，绝不仅仅会发生在和超市工作人员、好友之间，还会发生在她和同事、领导，甚至亲人之间。这种蔓延性的源头，就是来自——"无理由""无内容"的偏执。蜻蜓点水般地发生了一件事情，就把它坚定地扩大到人性层面，且不允许别人有质疑，多么可笑。

还有那些一味想去大城市的人，也是一样。对大城市有种无根基的偏爱，而根本不会去想为什么会想去大城市，并且就算去了，没有好的工作，不能养活自己，也要誓死捍卫这种"偏执"。为了去大城市而去大城市，和因为一元钱而坚信人性本恶，是一回事，无理由，无来头，就是想当然的倔强。倔强给失败的自己看。

知道自己为什么要做一件事，对自己的选择有充分的思考，这是一个成熟的人的基本素质。很显然，太多人还做不到，把"想不到"和"不去想"误以为是有质量、有效果的偏执。

【和蓑依聊聊天 5】

当你坐在相亲对象面前的时候，
你看到的是你自己！

　　我今年二十五岁，高中毕业以后，在外面亲戚开的公司上了几年班后，去年回到了老家，现在在离家不远的地方上班，工作也还可以，会计类的，前段时间特别迷茫，觉得会一辈子这样待在一个小地方，做着简单无聊的工作。看到别人在大城市里每天过的生活就特别羡慕。看到别人出去旅游，做一些自己永远做不了的事就觉得同样的一生，为什么别人可以过得丰富多彩。

　　不过我慢慢想通了，就算自己到大城市也没有生存的能力，我连现在分内的工作都做不好，看到你说的一句话觉得特别好，能把自己要做的事做好已经很不错了（不记得原话了），所以我现在先把自己能做的做好。不知道为什么我现在觉得去自己想去的地方，做自己想做的事是件特别难的事。是不是我没有行动力？

另外还有一件事让我很苦恼。我现在还没有对象，家里人催得很急，怕我嫁不出去，找不到好的，因为家里人结婚比较早，像我这么大且单身的没几个了。其实我也很为自己担心，相亲了很多次但我都不喜欢，现在呢，提起相亲的事就觉得特别厌烦，谁跟我说我都生气。我也想积极面对，积极寻找，但心里很抵触。我自己也是稍微偏内向的，社交活动什么的完全没有，应该只能靠相亲了。我也不喜欢我这样，但不知道该怎么改变。

【蓑依答复】

亲爱的姑娘：

第一个问题：

你说觉得去自己想去的地方，做自己想做的事是一件特别难的事，其实，对谁都一样。我们总爱把自己风光的一面展示给别人，比如今天去哪里旅游了，前天去哪家高档餐厅吃饭了，但当我们被加班折磨得身心俱疲，当做错了事情，在领导面前低三下四时，大家都闭口不言，默默咽在心里。

我现在总爱说一句话"别处无生活"，就是说你所羡慕或者期待的生活不在别处，不在远方，就在你生活的每一天里。我去过很多地方，包括今年，因为分享会的事情，也去了几个地方，我没有什么惊喜的感觉，虽然走在不同的风景里面，周围也是不熟悉的人群，但是大家都还是过着寻常百姓的生活，吃喝住行，大家都一样。只不过，换了一个空间而已。

但是，大部分的人还是不愿意待在小地方。大城市有太多具有诱惑性的东西，你想要在这个竞争激烈的环境中很好地生存，必须要付出更多。我不觉得大城市和小地方有什么优劣之分，最重要的是看哪个环境更适合自己，你在哪个环境里能够生活得更好。

你在小城市里面，吃穿住行不用担心，只是因为心存理想，所以对外面的世界有憧憬；而如若你在大城市里，可能这份憧憬满足了，但你的吃穿住行有可能都成问题，你问问自己，这两种生活你愿意要哪一种？不要去和别人比，自己怎样舒服怎样来。

你问我是不是你没有执行力，我觉得这应该不是很重要的原因，可能改变自己的现状的欲望还不是太强烈。找到自己感兴趣或者能够激发你欲望的点，比有没有执行力更亟待解决。

姑娘，其实很多和你一样在小城市生活的人都会面临这些问题，但是大多数的人都见惯不怪了，觉得可以接受现在的人生了。但是你提出了自己的迷茫和渴慕，说明你还有不满足，还对生活有新的期待。

也许有一天，我们都会不得不臣服于眼前的现实，但我们要永远记得：不只有眼前的苟且，还有诗和远方。有些未曾到达的地方，未曾实现的梦想，记在心里，等将来有机会，或者等我们的下一辈也要做出选择时，或许都会成全现在的我们。

第二个问题：

你说你对相亲很抵触，你知道为什么吗？和你问我的第一个问题有很大关系，你心里有远方，有期待，有渴慕。你不愿接受被安排、被规定的人生。我也是从小城市出来的，我知道相亲的对象基本上都是周边的人，亲戚朋友介绍，把相关的条件一匹配，差不多，就算是完成了。我知道你不喜欢这样的恋爱方式。

但是姑娘，你不喜欢社交，也不想相亲，那婚姻大事怎么办呢？咱得面对现实。或者你去接触外面的人群，认识更多的朋友，遇到喜欢的自由恋爱；或者就去相亲，或许在这里面也会有很多优秀的人。你只能选其一，所以抵触不抵触，要看你自己有没有能力去变得外向，如果没有，那就没资格抵触。

不知你听没听说过这样一句话"当你坐在相亲对象面前的时候，你看到的其实是你自己"。因为相亲时都是比较熟悉的人介绍的，都是觉得你们两个合适，至少差不多才介绍的。你在亲戚给你介绍对象时，你也就能把握住你在亲戚眼里大致是个怎么样的人。如果他们介绍的人，你一个也不喜欢，那只能说明你很不喜欢现在的自己。

所以，姑娘，认识到上面的这些问题很重要。不要说不知道如何改变了，也不要说不喜欢自己了。要不，先从踏踏实实地相亲开始吧，比如以前聊几句就没有耐心了，现在试着多聊几天，也许你会发现对方更多的闪光点哦。

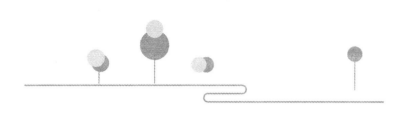

愿 你 特 别 凶 狠 ， 也 特 别 温 柔

第六章

亲爱的，别那么着急过正常的人生

我们面对的很可能不是真相

两个好朋友在冷战，事情是这样的：A 说在某个时间点要让 B 帮忙，B 虽然有很多事，但还是答应了会帮忙，可是，等过了约定的时间很久，B 依然没有接到 A 的电话，于是，她便自己打过去问，意外的是 A 告诉她："我还没准备好，你今天先不用过来了，明天再来吧。" B 说："不好意思，我没时间，明天我不去了。"

随后就是我一先一后接到她们的"抱怨"电话，A 说"我最早提出让她帮忙时，她就很不情愿，现在我的确没准备好，又因为觉得我们是很好的朋友，所以让她明天再来，没想到她竟然直接拒绝"，B 的解释是："在等到 A 约定的时间之前，我本来有很多事情要做，但是为了能空开这段时间，我放弃了，就专心等待，没想到却等来这么一个不尊重人的结果。我很忙，哪有时间被别人调来调去，她是我的好朋友，应该知道的呀。"

看完之后，或许你就笑了：多大点儿事啊，哪至于伤了和气？事实是，她们两个为此有将近一个月的时间没有说一句话，甚至演变成，A说B根本没有把她当朋友，不想帮忙就是推诿；B则觉得A瞧不起她，根本没把她放在眼里，否则，怎么可能到了约定时间连个电话都不打。她们两个彼此都非常坚定地认为自己眼中所看到、耳中所听到的一切都是真实的，所以格外坚定地判定了对方的人品。

中国有句古话就是"眼见为实"，但现实生活真的就是如此吗？太多的时候，我们所看到的只是我们想要看到的，所听到的只是我们想要听到的而已。A没有看到B为了她的约，而推掉其他事情的时候；B也不愿去想A在高度紧张的准备中忘掉了给她打一个电话的可能性。

这其实是一个非常具有实用性的认知角度。当我们不再认为我们所看到的一定是真实的东西的时候，我们才有可能换种立场来看待同一件事情。如果要上升到一个哲学的层面，真实和非真实本身就很难区分。

很简单的例子：人的一天有二十四个小时，其中有七八个小时的时间在睡觉，当然，我们知道剩下的没有睡觉的十几个小时，我们是生活在现实之中的，手上拿着笔，口中喝着咖啡，和同事一起开着会。可是换个角度想一想，为什么不能说梦中的七八个小时也是现实呢，现实和非现实是谁规定的呢？我们都有这样的体验：在梦中做的事情和在所谓的白天的工作生活中做的事情几乎没有差别，也会和人对话，也会吃饭，也会做运动。

连梦境和现实都很难做区分的情况下，我们作为一个个体，其实基本上很难了解到真相，了解到所谓的事实。

了解到这个层面的意义就在于说：我们其实可以很融洽地生活在相对的"谎言"之中。这一点，在爱情中，表现得最为明显。女生通常都会关心男友的前任问题，男友如果有五个前任，那现任女友就会觉得他可能会不靠谱，即便在没有知道这个答案之前，她觉得这个男生是天下最负责、最美好的男人。

为了防止这样的事情发生，男生可以很坦然地"撒个谎"，这不是善意不善意的问题，而是符合人性的衡量尺度，就回答说"谈过一个"，那女朋友就会觉得你足够专一，更好地印证了她对你的想象。

我们经常说，在爱情中，女生想要的并不是活生生的真相，而是你的态度，只要你的态度足够真诚，足够让她感到安全，这就是女生所认为的"真相"。不是要故意制造谎言，而是说真实和谎言根本就很难判断，并且，真实和谎言并不能真正地左右和作用于我们的生活，抱着福尔摩斯的心态非得撬开每个真相之洞的人，用错了劲儿。

如果你昨天过生日，朋友今天才给你打电话，可能会有两种情况：一是他可能会说"昨天一直想着给你打电话来着，可是昨天太忙了，一直在见客户，没有抽出时间来"，事实是他根本就没有想起来，甚至没有想过要记住你的生日；还有一种情况是昨天他确实是一直在想着给你打电话，忙到半夜才回家，又没忍心打扰你。在这种情况下，你应该相信哪一种解释呢，还是只关心结果，无论怎样，他就是生日当天没给我打电话。

这其实是一个非常难的选择，不亚于"我和你妈掉进河里，你先救谁"这种问题。这篇文章，或许给你提供的一种思路就是，如果你还想要和他（她）做朋友，你又怀疑他（她）其实就根本没有记得你的生日，那么可以选择让自己相信他（她）的解释，即便他（她）的解释你觉得不真实，原因就在于，作为一个人，真实很多时候无效且无用，你根本看不到。

糊涂而有选择地去解决问题，也许会让人生简单很多。

不是你缺钱，而是你小家子气

有天晚上和大学舍友聊天，我抱怨那段时间每天晚上都要吃很多零食，不吃就觉得不快乐，舍友突然问："那你说，怎么咱们在大学里倒是不怎么吃呢？"我的第一反应就是："哪里有闲钱吃这些啊？连去超市买几块钱的零食都要紧紧盯着价格。"她狂笑不止。后来，我无数次休息的间歇都会想到这个问题，觉得好笑的同时又觉得有那么一点点可怜。

上大学时，生活费都是自己的稿费，对于一个籍籍无名的小作者而言，如果哪个月再想买件漂亮衣服或者出去玩一次，更或者网购几本书，基本上一周也就只能吃一次肉了。那时候是真穷啊，又不想向父母要钱，怕增加他们的负担，就这样"熬着"。

　　可回想起来，在那段没钱的岁月里，我从来没有考虑过将来能不能赚到钱，如果考研、考博会不会继续增加父母的负担，甚至在同学给我算了一笔账"你毕业之后就工作，和父母供你读完研究生你再工作，一反一正，你少赚了六年的钱"时，我也只是"哦"了一声，没往心里去，也许看到数字就头疼的人就有这点儿好处，不斤斤计较，也不会任何时候都算计。

　　那时候想得最多的是考上研究生之后，就可以一边读书，一边去媒体公司做记者跑采访，接触不同的人群了，这就是我理想的生活，马上就会实现的可能性时刻感染着我。说实话，我几乎没有考虑经济条件的问题，因为考学的经济成本应该是所有选择中最低的，准备期间你只需要买些书、买几套题就可，考上之后，学费可以凑齐或者直接助学贷款都可。

　　我也没有考虑过父母负担的问题，看起来似乎很不孝顺，但这个问题基本是无意义的，只是寻求心理安慰或者给自己的犹豫和纠结找一个借口而已，因为即便毕业之后我随便找了份工作，每月养活自己之余，给父母二三百块钱，我也不觉得他们的生活压力就会减轻多少，相比较自己的不快乐而言，这种损失太巨大。如果有能力，就能做到在让自己幸福的同时，也能大幅度提高父母的生活质量。

　　之所以说起这些，是因为一个姑娘给我写信，说她现在面临考研选择的最大问题，甚至是唯一的问题就是家里经济条件不太好，怕增加父母的负担。我很欣赏这个女孩，专科生通过自学考试，考上了本科，毕业设计获得了省一等奖，一看就是一个特别努力、踏实的姑娘。

　　她说特别想考研，不考就不甘心，我问她："你是为了以此为跳板找份好工作还是想要证明自己？"她果断地答想要找份好工作，赚更多的钱，让父母少受累，她说父母很累。我问："你父母支持你考研吗？"她说如果自己确定要考，父母会全力支持。我继续问："若是你考上了研究生，你觉得自己有赚钱的能力吗？"她相信自己一定有能力赚钱，专业是设计，可以进入一些公司作图。我问了最后一个问题："如果你去了大城市，周围的同学生活水平都相对较高，你会不会自卑？"她诚实回答："我没有想过这个问题，但若是真遇上，也许会吧。"

　　我不知道问过这些问题之后，她是否已经有了答案，反正我是有了：去考就是了，前途肯定是光明的。为什么呢？她考研的目的很单纯、很实际，就是为了找份好工作，而不是好高骛远地证明自己"一个专科生也可以实现逆袭"，而她的专业又是偏向实践性的，再者，她学的设计专业如果不去大城市，在小地方待着，就算拿着省一等奖的证明，也不会有多大用武之地，如同在小镇做时尚一样，不匹配。再加上父母还会全力支持，她的心理素质也好，在她说"我没有想过这个问题"时，我就觉得这一点很棒，如果足够努力，敢拼，适时抓住机会，那么考上大城市的研究生比现在小城本科毕业从各方面来讲都会好很多。

既然一切都会那么美好，那么她为什么还会让家庭经济条件成为她选择的障碍呢？我觉得就是格局，就是"小家子气"。我曾经写过一篇文章《贫穷不可怕,贫穷的思维才可怕》，她的"父母负担障碍"也是贫穷思维的一种。

在那篇文章里，我讲了一个我最好的朋友的故事。他的家庭极度贫困，大学时就是贫困生，但考研时，他明知道北京电影学院不提供宿舍，需要在外租房，还要交学费，愣是义无反顾地去考了，并且在考前，用自己在大学里赚的奖学金上了比较贵的辅导班，一举成功，在研二时已经有了足够的钱去出国读博士，现在在考雅思。

仔细说来，作为一个男生，他才更应该负起挑起家庭重担的责任，但从最实际的角度讲，如果他大学毕业之后，没有去考研，而是找了份普通的工作，相信十年之内他才能攒够出国读博的钱，而现在他只用了一年多。

所谓的"小家子气"说白了就是分不清轻重，明明该以A为主要的目标时，却固守着B的原则，放不开自己，执拗于一点点的小天地。凡事成功的人，一定是有大格局的人，是大气的，懂得把主要的东西做到最好，次要的东西随之也会变好，而不是只把次要的东西做到完美。

我想对姑娘说的是也许你现在在考研的问题上面临这个困境，如果你不去面对和解决，将来在无数次选择时，都会再次遇到它。"小家子气""小格局"会跟随一个人的一生，在不同的选择面前左右你，从而影响你的一生。

放手去搏吧，不要让父母的压力成为你的负担，而是让他们成为你前进的动力，成为你坚强的理由，成为你变成更好的自己的源泉。

我很少喊口号，但这句意气风发的话送给你，也送给从小城出来都自带"小气"属性的你我，愿我们都能在能力所及之处，变成一个大气的、有大格局的人。

世上没有难易，只有合适与否

因为很喜欢演讲，便一直有追着看"超级演说家"的习惯。这么多期看下来，自觉收获颇丰，学到了很多关于演讲的技巧，也从演讲者的成败中得到了好多启发，但这些都还局限在"方法论"的提高之上，让我有的都是慢慢累积之感。直到进入打分比赛环节时，突然有什么东西动摇了我的"世界观"，对我的认知产生了很大的影响。

我发现比赛时，每位演讲者选题的难易程度有着天壤之别，有的在讲最基本的常识，比如孝敬父母之类，有的却在试图颠覆人们的"三观"，比如纠正大家对"心机女"或者"新疆人"的偏见。

在我的认知里面，在比赛中，难度系数相差很大的选题是不应该同等对待的，因为这个前提就是不公平的。所以之前，我很喜欢那种"命题作文"似的比赛，大家针对同一个问题发表看法，而不是由参赛者自己选择不同的主题。

可是这一次，当我看了几期的比赛后，我不再抱有这样的看法。选题看起来似乎是有难易之分的，比如面对孝敬父母这个话题时，大家都能随口说几句，而面对"新疆人"问题时，可能连立场都找不到，表面上看起来是有差别的，可深思起来并不是难易的问题。

一方面，当你在演讲一个看起来俗套、容易的话题时，大家对你的要求也会提高，你要有新意，让人眼前一亮，不觉得乏味，这其实是很难的，相比较而言，选择一个新颖、特殊的话题，随便选一个角度切入，可能都会让人觉得惊喜，也就是说我们很难评判"在公共车道上开成风景"和"一开始就选择少有人走的道路"哪个更容易。

另一方面，每个人所涉猎的领域是不同的，有些人就只会想到偏僻的话题，让他们去选择大众的话题，反而做不到。以我的研究生毕业论文为例吧，我们专业七个人，每个人在毕业时都需要完成一个完整的话剧剧本，所以在开题时，选择一个什么样的故事就显得尤为重要，只有确定了核心故事，才有可能去想后续的表现技巧和语言特色。

　　我为了这个开题，简直是生不如死，而其他的同学相对来说，比我压力要小很多，当我一遍遍地去和老师探讨时，他们已经基本上完成了整个开题的流程，我也成了我们专业最晚完成开题报告的。

　　事情就出现在我选择了一个于我而言，我很喜欢但是很难的题目，写关于民国太太的故事。虽然看过很多民国的书籍，但是当真正提笔写时，才觉得漏洞百出，怎么写都没有那个时候的味道。而我身边的同学呢，有两位直接改编的悬疑小说，悬疑加小说基本就等同于话剧了，只要形式有所创新就可以了；三位同学选择了写当下社会结婚、租房、诚信的问题，因为有现实的素材基础，相对来说，我觉得也容易很多；另一位干脆选择了历史故事中的一段来写。

　　而我却把自己逼到了"无中生有""生编硬造"的地步。在我为开题失眠和大量掉头发的时候，我曾经问过自己"要不要换个话题"，这一问突然让我很害怕。我设想自己去写我的同学写的那些故事，发现我也是写不好的，写不出来的。我这个虽然看似很难，但是是我能够想到的，也稍微擅长的最好的方案，而其他的看似容易简单，我却找不到一点儿感觉。真的没有容易与否，只有合适与否。

朋友讲起他有一次去某大学举办的"大学生创业模拟大赛"担任评委的事情，说最后获得前几名的都是一些非常小的、非常日常的创业思路，而那些与新兴科技有关的大的创业模式，最终都被淘汰。我问为什么，他评价道："其实，我是非常敬佩那些敢于挑战自己的人的，但他们还太年轻，明显看出准备不足，能力不强，如果再过几年，也许可以，可现在不合适。"

他的这几句话，让我的内心有了完整的答案：世上的事情没有难易之分，只有是否合适，而找到适合自己的东西也是需要能力的，也是一种本事。

也因此，"难"这个字，在我的人生字典里不再被允许出现，更多的时候我会想"难"是一个非常扁平化的字，每件事情切入的角度不同，都会有相应的难易系数，根本无法定义，更不要说去比较了。

将就，才是生活的真相

大多数人的生活都是将就的生活。

《何以笙箫默》大热后，何以琛的那句"如果世界上曾经有那个人出现过，其他人都会变成将就"俘获了无数少女的心，也使得"不将就"成了人们表达心声的热词。有个从没有谈过恋爱的姑娘给我写信，说有个男孩子在追求她，他各方面都挺好的，两个人在一起也很舒服，但一想到要和他结婚，她就会心有不甘，觉得既不是她特别中意的类型也不能给她带来长久的安全感，她很犹豫是要直接拒绝还是再继续观察一下。她说之所以会如此纠结，是因为不想要将就地去爱人。

我直截了当地给她的建议是：继续观察。原因有两个，首先，对于一个从来没有谈过恋爱的人来说，似乎还没有充足的能力来分辨"适合恋爱"和"适合结婚"的区别，不将就当然好，如果遇到一个一见钟情的王子，那再美好不过了，可倘若自己都不太清楚喜欢什么样的异性，那即便白马王子驾着马车来接你，你也会以为是"黑车"而不接受呢。

当一个人对某件事情犹豫不决、吞吞吐吐时，往往只是还没有建立自己的标准而已，也就是说还没有能力做选择。

其次，爱情就是将就，不将就的爱情不存在，因为将就和人的残缺有关。因为没有安全感而将就的爱情，和因为对方长得不是喜欢的类型而将就的爱情，是同一个量级的，没有等级差。问问身边每个在恋爱或者步入婚姻状态的女人，都能说出一堆自己男人的"不能忍受"，可还是会频繁地晒恩爱，爱得死去活来，几年几十年地走下去。

如果非要说存在不将就的爱情，这种爱情就是喜欢一个人的部分远远多于讨厌他的部分。爱情都有残缺，盈亏比例适当就好。

经常看到有人标榜说"世上最不能将就的就是爱情"，把爱情置于"最"的程度，本身就是一种认知上的无力。爱情伟大，但和生命中的其他部分一样伟大，并不具有特殊性。认识到这一点，也是需要阅历的，需要对人生的体悟和对人性的悲悯。年轻人喜欢渲染和烘托爱情，等时间一到，才知它也就是一辈子的事，两个人得慢慢来相处。

　　除了爱情，生活中也处处都是将就。有时会想，就是因为生活中，我们将就了太多，所以才在有人掷地有声地提出"不将就"时，让人觉得心中涌起暖流，它是一种理想，是一种幻想，我们需要它来牵引斗志。

　　可怎么能不将就呢？面对不断激长的房价，只能租个几十平方米的房子，一家几口人在那里开始柴米油盐；工作需要每天加班且收入不高，可还要在这里待下去，担心一旦离开，连这样的工作都找不到；想要读名校，可拼了命，也只取得了一个能被普通大学录取的分数，也得兴高采烈地去报到…….

　　谁都不想承认，也不想觉察到现在的生活是将就的生活。比如此刻，我很想在书桌上的空瓶子里放一束时令鲜花，水嫩嫩的那种，可是在小城，基本买不到，也就强制自己断了念想，面对乏味的书桌敲打着一个个没有精气神儿的字。

　　当然，人们总有一种乐观的天性，总能在最将就中，实现最大的快乐，甚至让自己觉得现在的生活不是将就的。其实，办法很简单，也很"鸡汤"，只要你在境地中做到了最好，尽到了最大努力，便会认了，是否将就不再成为评判标准，也不能再左右你的生活。无一例外，这需要能力和资本做衬。

读书并不高人一等，只是你的选择而已

逛知乎时，偶然看到一个话题："一个女生，读很多年的书，获得研究生乃至更高学历，是为了找一份好工作，还是好老公？"下面有很多条回答，点赞最多的是"为了不问出这种问题"，这话听起来爽快，但经不起深思，更多的是耍嘴皮子，稍微看一下现实便会会心一笑：有多少在读硕士、博士的人都深陷在这种纠结中，不知所措。

如果在几年前看到这个问题，我或许也会有上述的回答，但阅历也可以说读书的作用之一恰恰就是：给你理想的同时，也更让你看清现实。

其实，这是一个很丰富、很驳杂的问题，掐头去尾之后，就会发现它很直接地表明了两种考量向度：一是读很多的书，

有什么用；二是获得了研究生乃至更高学历，有什么用？至于"女生"特征和"好工作""好老公"并不是问题的关键指向。它之所以问起来让人不舒服，就是因为她把两个向度混为一谈了。读很多书的人，并不一定获得了很高的学历，而获得了很高学历的人，也未必读了很多书。

由于成长环境的关系，我的高学历朋友圈被截然分为两段：一边是名校学霸，一边是普通大学学生，他们带给我的感觉也是截然不同的。名校学霸在读硕读博期间考虑得更多的是生活方式的选择问题，比如说是要进入创业公司还是晋升渠道完善的公司，是朝九晚五地工作还是找自由职业来做，当然也会考虑爱情婚姻问题，但考虑较多的是能不能找到一个气质相似的人。

而普通大学的学生偏向于考虑更加琐碎的事情，据我的经验而言，他们就是如同这个问题提出的一样，就是在考虑硕博毕业之后，要找份什么样的工作，找个什么样的爱人。名校学霸也会去考虑这些问题，但除此之外，他们还有另外一部分的世界，而普通大学学生的世界，很多情况下就只有这些而已。

我没有轻视和推崇任何一方的意思，而是非常现实地归纳，名校学霸和普通大学的学生，在面对学历这件事上，在目标指向上，真的会有差别，我想这也就是她会提出这个问题的原因。

如果她身边的一群高学历的人都在整日为找好工作、好爱人而发愁，她不提出如此的质疑才怪呢。可不管如何探讨，这也只是学历的问题，和读书没有关系。

我也是一个打算读博的人，但我读博和我习惯读书没有多大关系。读博只是我的职业规划。在先行的人才机制中，必须读博才有可能进入高校，那如果我想要进高校，就得读博士，而读博士和你读了多少书，还真关系不大。甚至我是一个写书的人，都不能为我的博士生涯增加什么砝码。学历只是学历，你需要读书，但那些书都是教科书或者相关的专业性书籍。你需要的是熟练和系统地掌握专业理论。

我认识几个工科博士，他们每年除专业书籍以外，基本不读什么文史哲方面的书籍，但他们也是名校毕业，有了很棒的工作，很幸福的家庭。如果一个人只是把获得高学历当作一种"工具"，那么她以此为基准，去考虑工作，考虑婚姻，我觉得没有任何问题，在一个更好的平台上做选择，总好过在平地就要求起风雷。

而读书不同，它和学历几乎没有任何关系。你不会听到一个读书人说他读书就是为了找份好工作，或者找个好爱人。读书是一种爱好，和你喜欢喝酒，喜欢画画，喜欢唱歌一样。当你觉得评价"一个喜欢唱歌的人是为了找份好工作"是牛头不对马嘴时，那你也一定不能说一个喜欢读书的人，是为了找份好工作，两者完全不沾边。

读书是一种选择，和你选择在旅行中发现自己，在工作中寻找自己一样，只是你生活方式的一种，和找工作、找爱人是平行的，不存在谁能为谁铺路一说。

说实话，我身边读书的人并不多，但找到好工作、好老公的人并不少。我从来不歧视不读书的人，道理很简单，我爷爷奶奶、爸爸妈妈基本不读书，即便我爸爸是语文老师，也很少见他读报看书。可是，我却仍然能感受到我父亲的进步，他也在活得越来越有深度。

国家在提倡"全民阅读"，我觉得和提倡"全民运动"一样，没有任何特殊性。如果你喜欢读书，那就去读，如果不喜欢，如同一运动就气喘、难受一样，那就不读书。读书并不高人一等，只是你的选择而已，如同其他选择一样，都会有得有失，只要你坦然承担，就不存在问题。

那些曾让你减分的，总有一天，会为你加分

朋友小满在我的眼里一直是一个强势的女孩，做事风风火火，说话据理力争，好像随身带着一台鼓风机，到哪儿都能让人注意到她的存在。前不久，她要去参加一场面试，在这场面试中有一项长达十五分钟的演讲，我为她高兴不已："这不正是你的强项吗？"她没有答话，告诉我："明儿晚上，我想先做一下模拟，我叫了几个朋友一起来，你也过来吧？"

第二天晚上，我如约而至。开始时，大家本着对她负责的态度，都做考官式的严肃状，正襟危坐。可当小满张口说出第一句话时，我就感觉到了隐隐的不舒服，一派官腔，字正腔圆得有些夸张，再继续听下去，五分钟之后还没有切入主题，而台下的朋友们也显然开始不耐烦，额头紧蹙，甚至有些漫不经

心了，所幸的是小满还是按照她自己的设计完成了这十五分钟的演讲。讲完最后一句话时，她松了一口气，充满期待地对我们说："快来说说我演讲得怎么样啊，夸我的话就不要说了，要提就提建设性的意见。"

都是掏心掏肺的朋友，又是她还有几天就考试的关键时刻，大家也都不藏着掖着，不约而同、一针见血地指出："你演讲时的状态和你生活中的状态完全不是一个人啊，刻板、空洞、做作，我们来时完全不会想到你会是这种样子……"话虽难听，但看小满的表情，她没有吃惊，而是低着头，一副我们直指了她要害的样子。大家又说了几句安慰的话之后，就散了，留下我陪着她。

朋友刚一出门，她的眼泪就下来了，她声嘶力竭地说："我不要考了，什么破面试，八抬大轿来抬我，姐姐我也不去了！"接着又是一阵号哭。等她慢慢平静下来时，她开始自我剖析，"我从小就不敢在人面前说话，别看我整天风风火火的，但一让我讲话，我就不行了。我太在乎别人对我的看法，当众说话这种形式太恐怖了，大家对你的反馈直接写在脸上，你马上就能看到。我害怕大家对我失望，我不要看到大家对我不满意的样子……"

她说的这些足够了，作为朋友，我立刻明了了她的症结所在——她自始至终都认为：当众讲话，是一定会为她减分的事情，她一个如此想在别人面前表现得完美的人，怎么会允许这样的事情出现呢？一旦遇上，她除了不知所措，就是想要逃避，根本不想去面对，更不要说去积极地转化了。

和小满一样，我也曾经是一名"当众讲话恐惧者"。但和小满不一样的是，当我认识到了这一点之后，我把它当作我成长过程中的一门必修课，对别人而言，可能只是选修课就好，但对我而言，我强迫自己一节课一节课地上，不能有丝毫敷衍。

或许，这也和我的人生态度有关：遇到的任何困难，都是在帮助我成长，我必须抓住和珍惜这种机会。所以，从进入大学开始，我便积极争取在公开场合讲话的机会，即便我知道一开始会很糟糕，但谁不是从这个阶段过来的呢？

我清晰地记得我在大学的第一场"当众讲话"，是报名参加了一个朗诵活动。我也不知道自己哪里来的勇气，只是抱着一定要训练自己的心态就报了名。活动开始之前，我一个人练了上百次，自认为应该没有多大问题了。可比赛的当天，我还是出了大丑，我发现我前面选手的朗诵都是声情并茂，堪称专业水准。本来，我以为大家都是"票友"而已，我的朗诵没有一点儿专业性，只是足够流利而已。

即便如此认清了形势，我还是咬咬牙走上了舞台，没想到噩梦并没有结束，在观众中，有我的一位老乡，当看到我上台时，就鼓动她的朋友一起为我鼓掌、加油，这"突发事件"让我措手不及，以致有好几分钟的时间完全想不到我要朗诵的是什么。而当我想起来时，连"流利"也做不到了，只想赶紧下台，这样反而错误百出。

我为此消沉过一段时间，甚至想："如果在某件事情上不擅长，就避掉好了，何必为难自己呢？"但有另一个声音，也告诉我："如果你这次逃避了，下次遇到类似的事情，你依然需要逃避。"就在持续的这种"自我斗争"中，后者渐渐占了上风。

后来学院安排我去做诗社社长一职，我毫不犹豫地接受了，不是因为有什么荣耀之类，而是知道，一旦做了社长，我将会有无数次面对众人讲话的机会，这是多么好的锻炼机会啊。

也就是从这个"社长"的职位开始，我一点点地训练自己的演讲能力，从语言的组织到仪表仪态，从千篇一律到对各种场合有准确的把握。毕业时，有人问我："你在诗社里学到最多的是什么？"我没有说是对诗歌的理解，是对管理能力的训练，而是说："我的演讲能力有了很大提高。"

大学毕业后，不知是不是命运的安排，给了我很多演讲的机会，而我每次都能做到很适当地发挥，甚至成了一个亮点，人们谈起我时，会第一时间想到"演讲能力"这个标签。过去曾经让我减分的它，此时，却成了我的加分项。

现在，我还是保持着看演说类综艺节目的习惯，是看技巧，但更多的是看演讲的魅力。是的，演讲和说话一样，是可以有魅力的，是会让人眼前一亮的。它不只是一种能力，更可以是一种光彩熠熠的品质。

我把我的故事和体验讲给小满听，她呆立好久，然后突然问了我一句："我都二十六岁了，再灰头土脸地开始，会晚吗？"我只告诉她："如果你觉得晚，那就晚；如果你觉得正合适，就正合适。"

我不知道面试的前几天，她到底做了些什么，只是在面试成绩出来的当晚，她发朋友圈说："这次通过，我认为是侥幸。但真实的是，这是我训练自己的起点。我不只要它让我通过，而要让它为了加分，成为最最优秀的那个。"

赞美，其实是一种引导

在专注于写作心灵成长类文章之前，我有过两个写作其他东西的阶段：一个是写诗的阶段，另一个是写人物采访的阶段。而这两个阶段的出现，和我生命中出现的两位前辈有很大的关系。

在我开始写诗半年之后，通过投稿，我有幸参与了《中国诗歌》杂志举办的夏令营。在一周的夏令营活动中，杂志的副主编谢老师给予我极大的鼓励，对我的诗歌做了极尽赞美的点评，甚至当时我还有了"诗坛女巫"的称号。

本来我写诗只是为了尝试一下不同的文体，没有想过要一直写下去，但有了这样一番突如其来的赞赏，之后一年多的时间里，我写了非常多的诗歌，都收录在了后来出版的诗集《野核桃》中。倘若没有谢老师的那番鼓励，很可能我就只是写上几首，就做其他的事情了，本质上可以说，是他的欣赏引导我走了一段与诗歌有关的道路。

对写人物采访的极大热情，也是与当时做主编的前辈——著名媒体人周智琛对我的欣赏有关。我本没有做记者的心理准备，读着中文系，看到一个实习机会，就去了，相比较同行的其他同学，我一点儿新闻的专业度都没有。

但周先生就是很欣赏我，有时在聚餐回来的路上会很仔细地询问我："最近做了什么采访，有什么收获或者想法？"有时，和小伙伴们一起去他的办公室喝茶，他对我会格外言语几声，虽然多是为了消除距离感的嘲笑和讽刺。只要他最后签版时看到我的稿子，都会跟面前的同事美言我几句。

在我的内心，我很明确，并且实实在在地感受得到他是很欣赏我的，有了这样的感受之后，我接下来做的是，没日没夜地查资料、做提纲，在其他小伙伴都去香格里拉游玩时，周末我坐在办公室里做采访。我本来对采访没有那么大的热情，但就是因为他的欣赏，给予我的鼓励，让我在一个多月的时间内做了将近三十个采访，拿到了最高的稿费。

也是因了这两次经历，在生活中，我也会尽量去欣赏，而不是批评、打压别人，尤其遇到喜欢的人，更是不吝赞美。站在我的角度上，我是觉得对方值得赞美，但从对方的角度看，其实这里面有一点点的不公平，因为我在给他（她）施加压力，我在引导他（她）。如果对方是一个正向的、积极的人还好，会化作动力，更好地进步，而倘若对方是一个焦躁、心高气傲或者简简单单只是从被动接受欣赏层面来对待的人，那反而会是一种糟糕的态度。

欣赏绝不只是欣赏，它的背后有一种吸纳性和引导性，需要对它有一种深思的态度。尼尔·波兹曼有一本非常著名的书《娱乐至死》，对我而言，这部伟大的作品给我最大启发的是里面的一句话：如果我们能够意识到我们创造的每种工具都蕴含着超越其自身的意义，那么，理解这些隐喻就会容易多了。是的，一切工具都是隐喻，欣赏也是一种工具，我们要理解它里面所包蕴的意义。

一个姑娘给我写信，问我：一个明明很积极、阳光的女人为什么总会被别人误会，不想往上攀爬，跟周围朋友、同事、同学比较起来似乎"很不上进"，幸能得一些领导赏识，却还是能被人诟病莫须有的"罪名"。好好过着自己的小日子，却因着平凡的资历受着领导的欣赏就是能被人冠以"花瓶"之名。当事人自己都觉得这种误会太高大，又放不下这种误会。

我明白这位姑娘的意思，她想问我如何处理这种误会。但我觉得她问错了方向，真正需要解决的是她如何面对领导的这种欣赏，而不是和同事的关系，因为"误会"这种事，对成年人而言，大多是吃不到葡萄说葡萄酸。且堵住他人的嘴这种事，根本不可能做到。如果想让自己真的"放得下"，真正做到对一些误会不在乎，就要正确面对这种欣赏。

被人欣赏不都是好事，要看被欣赏的人是如何面对这种欣赏的，是积极正向，还是只是接受，然后在这种欣赏的树荫下乘凉。显然，从姑娘的叙述中可以看出，她并没有认识到欣赏的指向性。

如果你觉得自己资历平凡，没有什么特殊才能，很可能只是因为长得漂亮、气质好而被欣赏，那就要从两个层面上接受：一是因为"花瓶"而被欣赏没有什么不好，只要对方不对你的人身造成伤害，在这个颜值当道的时代，漂亮也是一种资本，没有谁随随便便就漂亮的，肯定在"变美"这件事上也花费了工夫，美也是一种生产力，只要保护好自己、有分寸、有原则，就没有什么可怕的。

二是领导如果是因为你是"花瓶"而欣赏你，本质上说他其实在把你向纯粹的"花瓶"的方向上引，你若要想继续得到和保持这种欣赏，你就得花费更大的力气在漂亮这个方面，不要告诉我说你不会这样做，仔细回想一下你的日常，是否已经在这样做了，心会被遮蔽，行动最有说服力。

一切都显而易见了，领导欣赏的本质，对你带来的最直接的影响是让你在"花瓶"的路上狂奔，从这个角度来说，这不但不是一件好事，而且是一件有害的事情。"花瓶"的指向性会让你失去从其他方面学习的视野和能力，会让你更集中于美这件事情。

从短期来看，美值得投资，但从职业规划的角度看，你的这种只有"美"的优势，会让你越来越"失宠"，你会变老、变糙，有了孩子之后会变得不那么性感，而更年轻、更漂亮的新人也会进来。所以，真正让你"放不下"、不安的不是被人误会，而是你对这种"欣赏"的茫然，不知道它是什么，会什么时候消失，这种不能给你带来安全感、成长的欣赏，才是你需要早点儿摆脱的魔咒。

总之，慎用我们的赞美，同时在接受赞美时，多想想它到底能带我们去到哪里。

亲爱的，别那么着急过正常的人生

好友失恋后，我们一起回顾她的这段感情时，不约而同地说到了一点：还是太着急了。认识一个多月，男生告白之后，两个人就开始交往了。记得男生告白的第二天晚上，她请我们这些女朋友吃饭，席间喝了很多酒，手舞足蹈地高喊："老娘再也不是单身了，再也不会被另眼相看了。"说得我们这些人也心潮澎湃，频频举杯欢呼。那场聚会到了最后，似乎已经不仅仅是在告别"单身"了，更多的是在告别"非正常"的人生。

"正常"的人生是有标配的，比如说读完高中考上一所还算可以的大学，大学一毕业就考上事业单位或者能够顺利入职公司和企业，工作两三年里面谈恋爱，然后结婚生子，工作稳定、生活平静，就此磕磕绊绊度过还算静好的一生。很多人会告诉我们：年轻时的选择会左右我们一生的走向。这话有一定的道理，你看，对于一般人而言，人生的很多转折和改变都发生在生命的前半段。可是这段话，忘记了一个前提，那就是人生前半段的选择基本上都不是由自己的自由意志所发出的，很大程度上，我们都是"被迫"的，我们是被所谓的一个个的人生阶段所"支配"着前行的。

一个叫作"舆论眼光"的东西在规定着我们要按照"标配"的人生去走。如果你高中毕业，不去读大学，要么被人看不起，被批不好好学习，要么别人怀疑你的脑子有问题，为你的智商捉急；大学毕业之后不工作，更是不可思议，"啃老族"之外又会有"死读书，没有工作能力"的声音随之而来；工作好几年还没有谈恋爱、结婚，"剩女"就不用再提了，在花样百出的"糖衣炮弹"之中，甚至连你都会怀疑自己：为什么比自己条件差很多的人都已经穿着亲子装出门了，我还没有"真命天子"来接？

如同在学校读书时一样，有些同学非常听老师的话，就会有一些同学在老师的眼皮底下嬉笑打闹，对老师的要求置之不理。我们这些没有过上"标配"生活的人，就是那些并不怎么听"别人"的话，按照自己的意愿来活的人，不想为"成绩"和"奖牌"而活，只要自己快乐，当下的那一个选择是由自己发出的，而不是被别人安排的。

　　而且，我们也是生活在"缝隙"里面的人，抓住任何一个可以呼吸的机会，自由地生长。在所谓"标配"的人生的每一个阶段的过渡状态都是有缝隙的，这个缝隙对于有些人来说细如毛发，但对于有些人来说，定义为"鸿沟"也不为过。在我读书的高中，一个五十多人的班级，只有不到十个人考上大学；大学毕业之后，我没有找工作，而是给自己一年的时间继续考研，顺便出版了自己的第一本书；我周围工作五年以上的朋友，单身的还有一大把。"标配"的人都会追着潮流，直接进入下一个阶段，而我们，由着性子，这里瞧瞧，那里逛逛，生怕错过什么东西，一而再再而三地流连忘返。

　　我是一个从没想过过"标配"人生的人，尤其是年轻的时候。当别人过着朝九晚五的上班生活时，我可以在咖啡馆和健身房自由穿梭，不是不工作，而是二十四小时随时待命，一有活儿来，就立马上手；当别人谈恋爱结婚生子的时候，很长一段时间内，我不想谈恋爱，觉得一个人的生活还没有过够，还没有尝试到单身状态更多的味道和层面，一个人旅行，从国内到境外，一个人租房租到烦的时候尝试买房，并不因为自己单身就不去考虑这些看似属于两个人的事情，一个人在疲惫不已和艰难到快要撑不下去的时候，抱抱自己，买奢侈的小物件奖赏自己，第二天又活蹦乱跳了。

如果你正在过"标配"的人生，没有什么不好，毕竟每一步路即便都有方向，也是靠自己的双手双脚走过来的，也有同样分量的血与泪。"标配"并不意味着容易，任何生活方式都不是从天而降的，都是需要去争取的。我们报以同样程度的感恩和珍惜。

而如果你在过非正常、非标配的人生，在别人眼里是浪子，是游子，是疯子，那一定不要着急，不要心切，不要念念地往"标配"的人生上拐。其实，对于95%以上的人来说，最后都会有一个和"标配"人生一样的结果，会有一个温暖的家庭，会有一个养家糊口的工作，只要我们不是特别懒惰和消极，这些我们最终都会有，如果你愿意，可以在三十岁、四十岁之后每一天都在这样的状态里。

可是，如果你现在是二十几岁，如果你已经在非正常的状态里，那希望你由着自己的本心出发，使劲儿折腾，使劲儿"不正常"，使劲儿"非标配"：爱相爱的人而不必在结婚的压力下；做自己喜欢的工作，哪怕不挣钱、所有人都不理解；或者就不去工作，只要不给父母带来负担，给自己一两年的"间隔年"状态又如何。

我很喜欢的姐姐前两天发了一条消息：她辞去了担任了一

年的公司副总裁的职位。刚看到时，我很惊讶，如同上一次得知她辞去一个工作了好多年的事业单位的工作一样。可是转念一想，这不就是本本真真的她吗？如果你的内心里面，不把自己封锁掉，始终开放着拥抱不可能，你就会成为常人眼中的"异类"，但是这样的生活才是属于你自己的。

亲爱的，不要着急去过正常的人生，一方面以后你有的是机会去过那样的生活，有的是时间被浸在里面，想要摆脱都摆脱不掉，那个时候，你内心的活力已经降格，能量也不再充沛，想要折腾会受到万千阻碍，心气儿已经不足以驱动你利落地换血；另一方面，你越是着急，你越是两种生活状态都得不到，如同好友在着急摆脱单身的压力下谈恋爱，快速分手的事情一样，着急都是不理智和无厘头的，再说，和你"非标配"的状态可是一点儿也不搭呢。你既然选择了不千人一面，选择了酷酷地本我狂奔，再"着急"的话，就少了那么点儿意思了呢。

沟通，是通过态度来实现的

上午在工作时，突然收到朋友的一条微信："亲爱的，你看这个人也太恶心了吧？竟然把你的文章署上了别人的名字，而且还申请了原创保护。"我点进去一看，顿时火冒三丈，想要举报。

同时，我收到了这个微信公众账号编辑的私信，是给我道歉的，按照她的说法，是因为领导要求临时换稿，她非常紧张，所以"一不小心"就出现了这种错误，希望我能原谅。说实话，这些年我的文章被到处转载的情况已经屡见不鲜，我懒得去追究，但只要"侵权"太过，我就一定会追究。

通常来说，这位编辑向我道歉，我应该给予一定程度的宽容，但这次，我一点儿宽容的念想都没有，反而是越发不舒服，原因在于——她的态度是有问题的，很可能她并不自知。

我所说的态度有问题是指两个方面：一是她搬出领导来给

自己找借口，仿佛因为领导要求某些事情，就加大了这件事情的紧急程度，给自己出错找了一个似乎说得通的保护壳，但不好意思，我讨厌"领导放个屁，自己便觉得是雷轰"的人，还不如说"不好意思，我出去上了个厕所，回来时以为已经编辑好了就直接发出去了"来得让我舒服。

工作中，我们经常遇到这类人，一遇到问题就是"不好意思，是主管要求的""你也知道，我们只是普通员工，我们一切都得按照领导的要求来办"，也许真是有这种因素在，但请不要说出来，更不要告诉你的客户，你的工作不是转移或者释放压力，而是负责解决问题，在错误面前，试图转嫁压力只会让人厌烦。

第二个方面的态度问题是源于她根本没有认识到她的问题所在。她以为只是把我的信息弄错了而已，但我最想问的问题是："谁允许你发了？"作为一个公众账号运营者，应该知道微信的规则，而你竟然都没有意识到你所有问题的起点都是你未经允许就使用了别人的东西。我说过，很多人会"偷转"，但你的问题在于，你根本就没有意识到你在"偷转"。一个连自己错误都认识不到的人，就去盲目地道歉，说实话，只是给别人添堵。

我并不在乎这个道歉，说这么多的原因是我并不觉得这只是这位编辑和我沟通时出现的问题，这本质上是一种态度问题，它会蔓延和涉及你生活中的方方面面，如同你今天给我道完歉，我不回复你，你就觉得这件事情过去了一样，生活中，也许你和某些人有过交集，但别人再也不想见到你，而你并不自察。

无论是在生活中，还是网络世界中，我们沟通时，起最大作用的因素就是态度，如果你发现一个人的态度很认真、专业、真诚，那其他的小瑕疵全都可以遮蔽掉，而如果一个人敷衍、毛毛躁躁，沟通肯定会失败。

在最近的几个月里，有二十几位编辑联系我，想要合作。每位编辑和我沟通时的态度千差万别，在我根本不知道他们做过哪些书、有什么资历的前提下，我最先有好感的都是态度非常认真的人，他们能分析出我文章的优点和不足，能够对我过往的文章有详细的解读，甚至会长期"跟踪"我的各个自媒体，我想不到能有比这更好的打动我的理由了。你把我捧上天，或者把自己的公司捧上天，都没有任何作用，认真、负责的态度，对成年人来说，便是"利益"的最大化。

我做过沟通的"乙方"，也做过沟通的"甲方"，设身处地地参与其中时，更能体会到态度上的重要性，分寸感必须把握得特别好。我在媒体工作时，采访的基本上都是小有名气的明星，赵忠祥、谢楠、刘同等。从最初的联系到最后的采访，都是我一个一个地来，所以基本上你和他们的沟通就决定了这个采访能不能实现，你总得想办法让人接受你的采访吧。我当时服务的媒体虽然是都市报中全国排前十名的报纸，但总有些人觉得纸媒的传播途径有限，懒得去做宣传。

这个时候，你就要在态度上取胜，在发出邀请前把他们的所有信息研究透彻，写出一份有特色的采访提纲，然后礼貌而不卑躬屈膝、不谄媚，感同身受地去和他们聊天，要仔细研究每个问题的提问方式，尤其是对于比较敏感的问题，要思考怎样会让他们觉得不冒犯，并且有的聊。

印象中最深刻的一次是采访赵忠祥老师。在这样的长辈面前，我的身份自觉就低了下来，但是你还要和他对话啊，有问有答、有交流才能碰撞出更有料的内容。于是，在那近一个小时的时间里，我的脑子飞速旋转，每个字、每句话都要快速斟酌，以便不让他觉得我是无知的，事实上，我真的对绘画和书法知道得并不很多。

我只记得那是个十一月份，采访完后，我的后背是湿的。仔细斟酌的都不是什么知识性方面的东西，而是态度，自己的姿态应该是怎样的，如何才能形成有效的沟通氛围。

也就是在那几个月里数量庞大的采访任务，让我现在都觉得受益终生。不管遇到什么样的人，什么样的事情，你都发自内心地相信，你的态度说明了一切，它会出卖你，也会帮助你，总之，会代表你。

所以，现在在微博上和微信上，有些人觉得我特别可亲，有问必答，有些人觉得我很高傲，私信不回，微信消息也不回复。其实，我都会看，但只选择那些态度适宜的人做回复，不是问题本身，而是态度本身决定了让人想要沟通的欲望。

至于那些上来就说"我失恋了，怎么办？""我是XXX，我想要加你微信"的人，我总觉得他们好像不是和我生活在一个世界里。

以同样的标准待人，是种不易察觉的公平

有段时间，网上疯传周杰伦成名前的视频，其中，有一个细节是他接受媒体采访，被一堆记者要求调整手中麦克风的位置，他像刚上幼儿园的小孩子一样，不知所措而紧张地按照"命令"来执行，往上动一下，往下挪一点儿。那一瞬间，我的泪水想要往外涌，但我控制住了，告诉自己，对周杰伦的爱，不需要用泪水，也不用觉得是羞辱，仔细想来，这是他必须要经历的事情，不用因为他后来的荣光而模糊掉某些标准。

记者听不到清晰的声音，就应该要求被采访者适时地调整一下自己的麦或者声音，这才是一个正常的程序。而现在很多情况是因为被采访者名气极大或者权势极盛，记者碍于身份的弱势，会在听不清楚对方说什么的前提下，依然用尽心力去仔

细辨别，绝不敢要求对方提高一下音量等等，这其实才是不正常的。

我在报社文娱部实习时，参加过几场明星见面会，有的明星的声音极小，而且说话断断续续，语气词的用量远远超过实用词，等到回去写稿子时，只能尽量避开他（她）谈了什么，往场面如何宏大，他（她）的穿着多么华丽上写。但其实，对于一个明星来说，真正有持久美丽，让读者心仪长久的绝对是情商，而不是身材和脸蛋，没有了言语的表现和传播，怎么可能树立起一个实实在在的、活的形象呢？

生活中真正让我欣赏的公平就是无论在何种场合，面对何种人群，标准都能一致。但做到这一点很难，比如当我面对超爱的周杰伦时，就想要歇斯底里地大喊："为什么要我的男神这样做？"仿佛他是名人，我喜欢他，就该用不一样的谈话标准。从另一个方面来讲，也提醒我们这些和采访名人的记者一样的素人去反思：你是否在用同一个标准来对待他人。

《红楼梦》中有一个很有意思的小细节发生在妙玉身上。大家都知道妙玉是一个道姑，是一个出家人，每天修身养性，对俗世本应有种悲悯和宽容。可是，有一天，贾母带着刘姥姥去她那里喝茶时，她却要求小道姑把刘姥姥用过的杯子收起来，永不再用，因为她嫌脏。令人想不到的是她最后的结果也是以"脏"来结束的，死于奸污，非常惨。也许在曹雪芹的意识里面也有一种大的标准存在，就是如果你以不合适的方式对待了别人，可能有一天，这种不合适，也会发生在你身上，反馈给你。

命运很多时候就是这样无解，你根本不知道你在此刻做下的事情，它在将来会以怎样的形式"返"给你。生活中，这样的事情太多，所以"趋炎附势"成了一个超级常用的词。连去商场逛街，服务人员都会根据你的穿着来选择以何种程度的热情来迎接你，而这样的服务人员绝对是走不长远的。

我认识的一位非常知名的保险人，她手头有好多上亿的大额案子，也有很多为父母、为孩子而投保的小额案子。有次，我问她说："还做这些小额的干什么？这么累而琐碎，你手头的大额，足以很好地养活你了。"她笑笑说："我敢跟你打个赌，如果我不再接小的案子，那也不会有大的案子找到我。"我明白她的意思，所以在过节时，当她给大额投保客户家里送的礼品和给小额投保客户的一模一样时，我一点儿也不惊讶。人心都有公道，当你遵守了这个"公道"，所有的善缘都会奔向你。

所以，不要去管别人对保洁人员多么无理地呵斥和刁难，请记得，如果他们没有对你产生影响，该微笑时就微笑。即便别人都对有权势之人极尽各种阿谀之事时，做好本分的、该做的事情，不要单独为他们改变标准。当你在任何情况下都能保持原则时，最容易得到别人持久的尊重。

以技巧为中心的关系，都好不到哪里去

经常听到有女生感叹"她什么都不会，为什么还能遇到这么好的人？人在爱情面前都是得不到公平的"，这个问题，大致等同于："他几乎没什么能力，为什么却能走得一帆风顺？这社会也太不公平了。"在很多人眼里，似乎只有千辛万苦，或者头破血流而后取得成功才算是公平，如果有人轻而易举地获得了某些东西，那就是不公平。

成功确实是件难事，但这种难是自己如何不断地努力，一步步地去拉近现实和梦想的距离的难，是如何挑战自己的难，而不是乱七八糟、各种人际纷争的难，不是刀光剑影、你死我活的难，换句话说，不是技巧的难。

而在现实中，太多的人做了本末倒置的事，觉得只有在各种关系中充分使用技巧才可达成目标，那些没有在人际圈里摸爬滚打而轻易获得胜利的人，一定是走了某些肮脏的捷径，或

者遭遇了不为人知的"潜规则"。

所以，渐渐地，如何发现技巧和使用技巧变成了人们努力的方向，以致各种"教你如何说话""如何约会"的书籍大行其道。人们不再关注最朴素的人、事，而不自觉地先把事情复杂化，然后再套上各种途径学来的公式去解决，这就好比一个原本非常易解的几何题目，在"厉害的"几何老师手里，一定要把它复杂化，本来三步就可得出结果的，他（她）一定要做出二十几步，虽然最后得出的结果一样，但他（她）一定要叉腰站在那里，趾高气扬地对那个用三步做出来的人说："你凭什么和我做出一样的结果？你肯定作弊了。这不公平。"殊不知，是这个"厉害的"人自导自演了一场"艰难"，累死累活都是他（她）在跟自己玩儿。

想想就挺可笑的，喜欢做饭的人每天都去关注烹饪技巧，费了狠劲学下来，倒不如那些挑选好食材的人随便做出的一顿饭好吃，比如一个简单的黄瓜炒鸡蛋，有人学了各种煎蛋技巧以及花样百出的做菜步骤，最后做出来，还是没人愿意吃，为什么？黄瓜都老掉牙了，放再多的调味剂，把握再好的火候，也一样难吃。

这也在某种程度上解释了我为什么特别欣赏《舌尖上的中国》，你会发现，在每一道精美菜肴的讲述之前，一定会花很多时间去讲食材的获得和选取。不管是悬崖峭壁，还是潮涨潮落，注重对食材因时因地地把握，甚至不差分毫，这才是美食的根本，做菜的技巧只是锦上添花。而现在出去吃饭，往往是越好的餐厅，花样越多，而越好看的菜，也很可能越难吃。这就是人和食物的关系，当把烹饪的技巧放在首位的时候，人的味觉就会失衡，对菜肴的感受也好不到哪里去。

可悲的是，更多的人会把技巧带到人与人的关系中，甚至是家人和爱人中，当然学习一些相处的技巧，对于人际交往是有帮助的，但若是关系，只剩下技巧，那就太可怕了。

有女生问我如何向暗恋已久的人表白，我说如果你实在不知道该怎样做，那就鼓足勇气亲口对他说，或者发条信息直接告诉他，这是最简单、最有效的方式了。女生很不满意说："怎么可以这么草率？如果我直接表白了，被他拒绝了怎么办？说不定如果我采取比较委婉的方式，他就会接受呢。"我不知道该如何回答了，可我总觉得如果对方对你有好感，你一句表白就会让他心神荡漾，哪里还用这么多技巧，而如果他不喜欢你，即便你把全天下送给他，他也不会接受吧。

我们似乎已经习惯了用技巧来给自己找借口，做不好是技巧用得不好，而不是自己本身有问题。谈恋爱，归根到底是两个人是否合适的问题，倘若你用了很多技巧，终于赢得对方的心，那么当有一天，你用累了或是技巧枯竭了，那两个人会成为什么样？技巧永远都是辅助性的，而最根本的是两个人真诚以待，即便素面朝天，也认为对方是最美的。更何况，如果在最爱的人面前，还要费尽心思去运用各种手段，那这个人身上包裹的壳也太厚、太硬了。

在知乎上看到一个没几个人关注的问题，一个女生问："没有勇气承认是高考复读生怎么办？"这位女生复读了一年，还是去了一所非常普通的大学，周围的同学都是第一年就考上的，她担心别人嘲笑她，就一直说自己是应届生。但是她很苦恼，也很压抑，怕同学万一知道了怎么办。她在知乎上寻求众人的回答，她以为如果这个问题解决了自己就会变得不再烦恼。但我想，这个问题只是展现了她性格中的一个侧面，冰山一角而已，她所拥有的苦恼肯定不止这些。

其实，在很多人看来，这根本不是一个问题，出于各种原因，高考失误了又何妨，不一定就是不聪明，只是各种因素综合起来的结果而已。但对这个女生而言，则是一件不得不重视的事，归根到底就是她在生活中，往往是运用技巧和人相处，用技巧来包装自己，所以在这件不起眼儿的小事上，她也不自觉地包装了一下。设想一个到处说话坦诚的人，觉得自己就这样，你喜欢也好厌恶也罢，他（她）会做这种事情吗？他（她）嫌麻烦还来不及呢，怎么会处心积虑地给自己设计这一段？这位姑娘需要考虑的绝不仅仅是自己的一个小小的欺骗，而是应该深刻地挖掘自己，到底戴着怎样的面具在和人相处，想明白了才是根本。

不是不要技巧，而是不要把掌握技巧作为自己的奋斗目标。朴朴素素、简简单单的人生最容易过了，少些技巧，多些本真，不再时刻想着去包装自己就好了。现在的人是聪明了，但聪明反被聪明误，学了太多本真以外的东西，本末倒置，最终把一切都搞复杂了。

【和蓑依聊聊天 6】
友情，到底负载怎样的功能？

　　蓑依姐，请您帮我解开我的情感困惑。一个男孩是我以前的同事，离职快两个月了，比我小四岁。我们非常有共同语言，性格相似，他对所有人不辞而别，我难过了一个月，那时我意识到我可能喜欢上了他，二十天前我在 QQ 上联系他，我们进行了长达三个多小时坦诚轻松的聊天，他告诉我是因为别的事离开，心情乱而忽略了我，对于无意的伤害向我道歉，我内心的迷惑和痛苦顿失。

　　当初对他有好感时我就告诉自己要做好朋友，因为友谊比任何一段关系都要长久。我也知道他的滥情，异性缘超好，而且小我四岁。本来聊得挺好，他说和我做一辈子的朋友，后来他说，过完年回我所在的城市，我们合租，我当时不高兴，我们就不聊了，你说我们的友谊会长久不变质吗？

【蓑依答复】

亲爱的姑娘：

我只想和你分享三个观点，如果你认同，自然就知道该如何做调整了。

1. 世上不存在可以为了对方赴汤蹈火，把对方嵌入自己生命的友情，原因很简单，那就是——友情不负责承载这样的功能。

姑娘，你这不是一种爱的方式，而是一种捆绑、一种占有，是以自私为前提的关系。即便是面对亲情，我们也不应该有这种期待。也许真有那么一天，当我们遇到极大的困难时，父母或者朋友、爱人都会挺身而出，这是他们出于本能爱我们的方式，但绝不是我们应该期待他们爱我们的方式。结果和期待是两回事。

如果你在开始，就为友情奠定下这样一个基调，那这段感情一定对你们双方都会有伤害，你不自觉地就为这份感情增加了重量，迟早会让双方都喘不过气来的。

2. 对于异性缘超好这种人，我并不排斥。很多女生会觉得异性缘超好的男生会不真诚，不值得信任，我觉得分两种情况：一是如果他确实是滥情，和好几个女人暧昧甚至发生关系，那一定是人渣，无论他有何种自觉不可被理解的苦衷；二是如果他对女生非常好，甚至是女生们的闺密，那或许可以试着交往看看。试想，如果一个男生连几个异性朋友都没有，那品质或者能力也好不到哪里去。

在现在这个社会，如果还因为异性缘问题而成为恋爱中的障碍，那只能说和女生自身的处境有很大的关系。它的背后是女生越来越没安全感，越来越不自信。

3. 大家一直都在讨论到底男女之间有没有真正的友谊。对这个问题，我的答案是肯定的，但要看你对这个"友情"是如何定义的。以我自身的经历来说，我有好几个非常好的异性朋友，我们的友谊到目前为止持续了有五六年的时间，但是在这五六年里，我觉得我和他们之间的关系也是变化的，以前是有什么就说什么，现在是开始变得有所保留；以前是恨不得知道他们的每一件事，现在也开始对于他们的一些事变得漠不关心。

不是不再用心，而是更加深刻地体会到了，每个成年人都开始有自己的一个国，你必须做好这个国里面分内的事情，而这些已经让我们力不从心。不得不承认，我在朋友身上花费的时间少了很多，但我却也知道，他们一直在我身边。

我不知道你和他是否会存在这种有张有弛的节奏，是否有长久发展下去的可能。我只能告诉你，在我看来，男女之间是存在真正的友情的。不要让惯常的观念束缚住你。

（全书完）